Ship of Miracles

기적의 배

Ship of Miracles
기적의 배

빌 길버트(Bill Gilbert) 지음

류 광 현 옮김

비봉출판사

기적의 배 : 14,000명을 구출한 기적적인 항해

"…인류 역사상 단 한 척의 배가 가장 많은 생명을
구출한 작전!"— 1960년 8월 21일 미국 해양업무국 발표

"자유는 공짜가 아니다"— 워싱턴 D.C. 한국전쟁 참전용사 기념비에
새겨진 한 구절

/ 권두언 /

알렉산더 해이그(Alexander M. Haig Jr.)

50년의 세월이 흘러도 한국동란 중 그 참혹했던 첫 겨울의 기억, 특히 흥남 철수작전—"잊혀진 전쟁에서의 잊혀진 전투"를 뇌리에서 지워버릴 수가 없다.

나는 당시 네드 아몬드(Ned Almond) 소장의 부관으로서 참혹한 전투상황과 상상을 초월한 혹한 속에서도 미국 군인들이 보여준 용감한 행위, 특히 놀랄만한 인도주의와 용기를 보았던 산 증인이었다.

영하의 혹독한 추위 속에 중공군과 인민군의 맹렬한 추격에 맞서, 미국 육·해군과 해병대와 화물선단이 적들과 사투를 벌이며 거의 10만 명에 달하는 젊은 미군 장병들과 그와 맞먹는 숫자의 탈영한 인민군과 포악한 정권으로부터 도망치려는 피난민들을 구출해 냈다.

이 이야기는 냉전시대 초기에 벌어진 열전(熱戰), 그것도 아주 먼 땅에서 우리가 새로운 전쟁을 치렀던 기억에도 생생한 — 1950년 크리스마스 — 바로 그때를 회고한 이야기다. 불과 6개월 전 전쟁 초기부터 심상찮게 보였듯이, 이 전쟁은 결국 미국과 소련이 적대국으로 충돌하여 전쟁을 확대시키는 전주곡이라는 것이 당시의 큰 우려였다. 만일 그런 사태가 정말로 벌어진다면 결국 세계 3차대전도 곧 터지지 않을까? 하는 우려였다.

이 책에 기술된 극적인 생명구출 작전에서 나는 네드 아몬드 장군과 함께 216킬로 적진 깊숙이 있는 흥남시에 있었다. 나는 약관의 육군 대위로 군 경력을 조금 쌓았으나 실전 경험을 한 것은 생애 처음이었다. 지독한 악조건, 치열한 전투, 몸을 얼어붙게 하는 혹심한 겨울 추위, 미군 병사들의 극적인 철수작전, 북한 피난민들의 가슴 메어지는 참상을 어찌 필설로 다 표현할 수 있으랴.

우리는 군인들과 피난민 모두를 흥남 부두에서 철수시켰다. 미군들은 우리의 동포이지만, 북한 주민들은 엄밀히 따지면 우리 적국의 남녀노소들이 아닌가. 그러나 그런 구분이 우리에겐, 특히 우리 해군과 상선단의 용맹스런 장병들에겐, 전혀 없었다. 구출을 애원하는 10만여 명의 피난민들의 참상을 보며, 장병들은 피난민들을 위기에서 건져 우리 배로 승선시키는 데 필사적인 노력을 했다. 그 상황에서 피난민들의 국적, 정치사상, 신분 등을 가린다는 것은 말도 안 되었다. 그들은 단지 죄 없는 전쟁의 희생자들일 뿐이었다. 가려내기 위해 조사할 시간도 없었다. 오직 생명부터 구출하고 봐야 했다.

특별히 이 책은 미국의 화물선 메러디스 빅토리(Meredith Victory) 호 선원들의 기적적인 노력의 이야기이기도 하다. 구조대원들과 피난민들을 보호하려고 흥남시에서 혈투를 벌인 미군 병사들과 20만 명의 미군과 북한 주민의 생명을 구출한 용사들 모두 크게 자랑할 일을 해낸 것이다.

한국은 오늘날까지 분단국가로 남아 있다. 1953년 휴전에 조인했을 뿐 실질상 전쟁은 계속되고 있다. 최근 희망적인 징조가 보이기는 하나, 혁혁한 전투였음에도 불구하고 미국 역사 속에 파묻혀 버린 흥남 철수와 메러디스 빅토리 호의 비화(秘話)는 한국동란 50주년을 맞은 오늘까지 면면히 이어지고 있다. 이 전투는 벙커힐(Bunker Hill), 미드웨이 (Midway), 벌즈(Bulge), 이워지마(Iwo Jima), 오끼나와 (Okinawa) 전투처럼 역사에 빛나는 전투의 하나로 꼽힌다.

이 비화는 책으로 쓰여져야 할 가치가 있을 뿐더러 마땅히 쓰여져야 한다. 흥남에서 일어났던 역사적 사건에 동참했고 50년이 지난 지금도 이 영웅담의 일부인 나 자신에 대해 나는 자긍심을 갖고 있다.

(*알렉산더 헤이그(Alexander Haig)는 그 후 사성(四星) 장군으로 승진하여 리처드 닉슨(Richard Nixon) 대통령의 수석보좌관, NATO 사령관, 레이건(Reagan) 대통령 때 국무장관을 역임했다.)

/ 한반도 지도 /

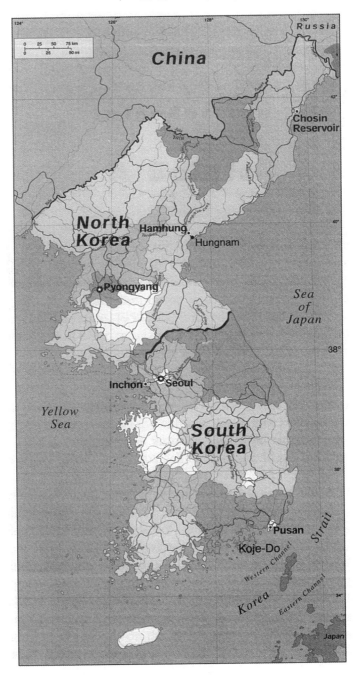

/ 차 례 /

/ 서 문 /

60대 이상의 수백만 미국인들은 한국전쟁이 터진 6개월 후인 1950년 크리스마스 때, 10만 미군 병력을 장진호(the Chosin Reservoir)에서 후퇴시켜 흥남부두를 통해 철수시킨 사건을 기억하고 있다. 그 전쟁 중 미 공군에서 2년 반을 복무하고 총성이 멎은 후에도 18개월을 더 복무한 필자로서는 그때의 일을 더욱 생생하게 기억하고 있다.

시간을 다투며 우리 병사들과 같은 숫자의 북한 피난민을 구출한 그 화물선 선원들의 용맹성은 가히 미국 전투요원들 못지않게 대단한 것이었다. 이 책은 잘 알려지지 않은 그 이야기를 담고 있다.

그해 12월 중순 미 육군과 해병대가 장진호에서 포위망을 뚫고 흥남으로 간신히 퇴각하여 대기 중인 선박단에 의해 구출된 후퇴 작전에 관한 이야기들은 이미 많은 책으로 출판되었다. 반면에 그와 동시에 벌어지고 있던 북한 피난민의 구출, 특히 화물선 '메러디스 빅토리' 호의 용감무쌍한 역할에 대해서는 대체로 간과(看過)되어 왔다. 장진호에서 포위망을 뚫고 극적으로 탈출할 당시 미국인들 대부분은 아군 병사들의 안전에만 관심이 있었지 생사의 갈림길에 처한 북한 피난민들에게는 관심이 없었다.

미국인들이 피난민을 구출한 용맹스러운 업적에 관한 기사들이 1950년대와 60년대에 간간히 나타나다가 급기야 미국과 한국정부가 '메러디스 빅토리'호 선원들의 공적을 표창하기에 이르렀다. 그러나 그것도 40년 전의 일이었다. '메러디스 빅토리'호 이야기를 아는 미국인은 흥남 철수작전 직후에도 거의 없었다. 오늘에 와서는 사실상 그 이야기를 들은 사람조차 거의 없다.

한국전 참전 용사들, 특히 실전을 경험했던 장병들이야말로 역사책에 기술된 이상의 대우를 받아야만 한다. 월남전 참전 군인들이 등한시되고 있는 실태에 대해 정당한 이유를 들어 그들이 불만을 나타내기 훨씬 이전부터, 그들보다 먼저 치른 한국전쟁의 재향군인들 역시 그들이 망각되어져 가는 것을 알고 있다. 뉴스 기자들과 앵커들이 현충일과 재향군인의 날 기념식을 보도할 때 말과 사진을 동원하여 2차대전과 월남전 참전용사들의 명예를 기리려고 한다. 하지만 한국전쟁에 관해서는 단 한 마디의 언급도 하지 않는 경우를 종종 볼 수 있다. 이렇게 등한시하는 경향이 오늘날까지 지속되고 있다.

이 책은 사실, 흥남과 '메러디스 빅토리'호에서 펼쳐졌던 인간드라마를 전쟁의 전 국면을 배경으로, 즉 그 원인이 된 악조건과 오판(誤判), 공포와 불안과 그들을 에워싼 불가항력의 악조건에도 굴하지 않은 피난민들의 용맹성과 아울러, 내국전선(內國戰線: the home front)에 휘말린 미국 본토 내의 분위기를 분석해 보려는 시도였다.

허나 이 책은 그 이상의 의미를 갖는다. 흥남철수 작전의 영웅들에게 대한 경의를 표하기 위해 이 책을 썼다. 철수 작전을 성공시키기 위해 부두로 공격해오는 적군을 제거시킨 영웅적인 미군 병사들, 피난민들을 배에 타도록 한 후 인간 화물을 싣고 적의 포화를 피해 안전한 곳으로 항해하여 험한 날씨와 바다에 설치된 기뢰들을 피해가며 필사적인 싸움을 한 화물선 용사들이 있다.

역사적 기록을 남기며 흥남 철수작전 용사들에게 경의를 표하는 과정에서 온 미국 국민들로 하여금 "미국의 잊혀진 전쟁"을 재인식시킴으로써 그 역사 현장의 남녀 영웅들에게 우리 모두가 감사의 마음을 전하는 것이 나의 바램이다.

　　　— 2000년 6월 수도 워싱턴에서, 저자 빌 길버트(Bill Gilbert).

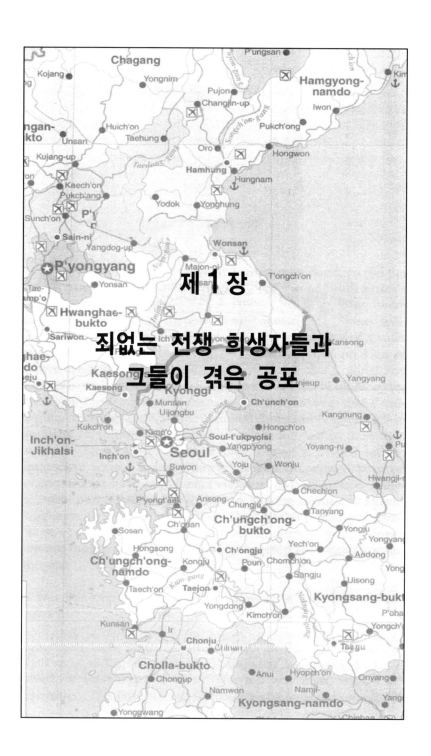

제 1 장

죄없는 전쟁 희생자들과
그들이 겪은 공포

미 해군의 미조리(Missouri)함과 4척의 구축함, 2척의 중량급 순양함, 4척의 로켓함으로 구성된 대 선단이 적의 포화에 대응사격을 가하며 해안선을 향해 접근하고 있을 때, 필리델피아 출신 37세의 한 상선의 선장은 뼛속까지 스며드는 추위와 거세게 휘몰아치는 바람과 적군 포격의 긴박한 위협 속에서 운명의 부름을 맞게 된다.

한국전 개시 6개월 만인 1950년 크리스마스 때, 레너드 라뤼(Leonard LaRue)(생소한 외국명은 가능한 한 미국식 발음을 따른다.──역자) 선장은 북한 땅 216킬로 깊숙이 있는 흥남 부두에 선령(船齡) 5년의 만 톤 급 화물선 메러디스 빅토리(*Meredith Victory*) 호를 정박시키고 갑판 위에 서 있었다.

"나는 망원경으로 해안에 펼쳐진 참상을 보았다. 북한 피난민들이 부두로 몰려오는 것이 보였다. 그들은 짐들을 몸에 메거나 수레 위에 싣고 끌고 있었다. 그들 옆에는 마치 놀란 병아리 같은 아이들도 보였다."

라고 선장은 후에 술회한 적이 있다.

그가 본 군상은 거의 10만에 가까운 공포에 질린 북한 피난민들, —
노인들과 모든 연령의 여자들과 아이들— 전쟁 때마다 생기는 죄 없는
희생자들이었다. 자기들 편에 마땅히 서 있어야 할 북한 민간인이 도망치
는 것을 보고 잡히면 목을 베어 죽이겠다고 위협하고 있는 중공군을 피해
피난민들은 필사적으로 도망치고 있었다. 중공군은 북한 민간인들이 미
군과 연합군을 도와주고 있다고 격렬하게 비난했다.

그때 수백 수천 가정들의 비극이 그 부둣가에서 벌어지고 있었다. 1남
2녀를 둔 29살 어머니가 2살 된 여아는 등에 업고, 한 손으로는 5살 된
아들 두혁이의 손을 잡고, 다른 한 손으로는 10살 된 딸 군자를 잡은 남
편의 손을 잡고 있었다.

이들은 흥남에서 96킬로 떨어진 원산에 살고 있었다. 다이아몬드와 기
타 보석을 파는 보석상을 경영하고 있었는데 전쟁이 악화되자 공산정권
의 공포를 피해 가족의 안전과 자유를 찾아 남한으로 탈출하려고 원산을
떠나기로 운명의 결정을 했다.

필사적인 탈출을 위해 혹독한 추위와 눈 덮인 길을 무릅쓰고 걸었다.
김정희의 조카인 피터 켐프(Peter Kemp) 소령은 현재 미 육군 소령으로
복무하고 있다. 그는 현재 서울에 살고 있는 79세의 진외숙모 김정희에
게 필자가 궁금해 하는 질문을 전했다. 이제 필자는 그녀가 겪었던 이야
기를 듣고 재구성하려고 한다.

그들은 자기 남편의 부모를 원산에 두고 떠났다. 남편의 남녀 형제들은 이미 인민군에 징집되어 있었다. 김정희의 가족은 시베리아 국경 근방에 멀리 떨어져 살고 있었으므로 그들을 두고 떠나야만 했다. 그들이 가족을 두고 떠날 결정을 쉽게 할 수 있었던 이유는 그들이 피난을 갔다가 몇 개월 안에 집으로 돌아올 수 있을 거라고 믿었기 때문이었다고 했다. UN군이 후퇴하고 있었지만 잠시일 뿐 피난을 갔다가 곧 집으로 돌아올 수 있다는 소문이 나돌고 있었다. 김정희나 그녀의 남편 이만식은 그들의 부모나 다른 가족을 그 이후 다시 볼 수 없을 것이라고는 믿지 않았다.

김정희는 자기 조카 캠프 소령에게 이렇게 회상하며 말했다. "피난길은 영원히 끝이 없어 보였단다. 구름은 짙게 깔리고 날씨는 혹독하게 추웠지…" 그녀의 기억에는 그 여정이 최소한 이틀 아니면 그보다 훨씬 더 걸렸다고 했다. 안전과 자유를 찾아 나선 필사적인 여정의 첫 발자국도 끝내지 못하고 도중에 죽은 피난민들의 시체를 보며 걸었는데, 피난길에는 사람들이 헤아릴 수 없이 많았다고 했다. 사람들은 흥남까지 걸어가면서 공산정권의 철권청치에 대한 반감을 표시했다. "북한 사람들이 발걸음으로 투표를 했다"고 흥남철수로 구출된 사람들이 훗날 진술한 것이 사실임을 증명한 것이다.

흥남으로 걸어가는 도중에 피난민들은 비행기 기총소사와 폭격을 당했다. 김정희는 그것들이 미국 비행기인지 소련 비행기인지 알 도리가 없었다. 수차례 도로변에 뛰어들어 넘어지며 몸을 피했다. 완전히 노출된 피난민들에게 급강하여 폭격을 가하는 비행기를 피하느라 부모와 자식들이 서로 떨어질 **뻔했다.**

흥남에 도달하자 부둣가는, 피난민들을 군 수송선에 타지 못하도록 군인과 피난민들을 갈라놓는 과정에서, 서로 밀치고 떠밀며 일대 아수라장으로 변해 있었다. 군인들의 승선이 완전히 끝난 다음 아직 해변에 머물고 있는 미 보병 3사단 장병들은 피난민들을 다른 배에 태워 흥남항을 빠져나가 한국 남단의 항구도시 부산을 향해 항해하도록 돕고 있었다.

지평선까지 까마득히 늘어서 있는 피난민들의 거대한 행렬이 시시각각으로 홍수처럼 불어나고 있을 때, 김정희의 남편은 가족의 먹을거리를 찾아 오겠다고 했다. 이만식은 아내에게 "여기 서서 기다려요! 바로 돌아올 테니…" 당부하고는 딸 군자를 데리고 나섰다. 그가 떠나자 피난민들이 엄청나게 많이 불어났고, 미군 함정이 어느 순간 곧 떠날 거라는 공포감에 군중들의 다툼은 점점 격해졌다. 피난민들은 앞에 있는 사람들에게 빨리 배를 타라고 윽박지르고 있었다. 무슨 배인지, 어디로 가는 배인지, 배를 타면 어떤 운명에 처해지게 될지 도무지 알 수가 없었다. 그들이 알고 있는 오직 한 가지 사실은 저기 떠 있는 배 한 척, 무슨 배든지 상관없고, 그것만이 살 수 있는 유일한 희망이라는 것이었다.

김정희는 자신을 에워싸는 군중이 점점 늘어나고 있음을 알았다. 빨리 앞으로 나가라고 외치는 소리도 들었다. 그러나 남편이 그 자리에 꼼짝

말고 기다리라고 했으니 만일 한 발자국이라도 움직이면 서로 떨어지게
될까봐 몹시 두려웠다. 원산에서 같이 나온 이웃 사람들마저 안절부절못
하면서 소리를 질렀다. 갑판 위에 올라간 사람들의 조급한 마음이 걷잡을
수 없이 커지면서, 군중의 떠미는 힘이 이 세 모녀를 미 해군의 "LST"
(병사, 전차 등을 운반하는 상륙용 배의 약자— 역자) 쪽으로 밀어붙였다.
수 만명의 인파 속에서 누군가가 그녀에게 소리쳤다. "빨리 타요. 이제
막 떠나요. 이 배가 마지막 배요!"

1950년 흥남철수를 목격했던 사람들은, 1975년 미국이 월남전 막바지
에 미국 요원들의 철수를 끝내고 떠나려고 할 때, 월남 사람들이 미 대사
관으로 몰려와서 지붕 위로 올라가 미군의 헬리콥터로 구출받은 절박했
던 드라마의 장면을 방불케 했다고 기억하고 있다.

흥남부두에서 김정희 모녀는 사실상 군중에 떠밀려 LST를 탔던 것이다.
그녀는 초초하게 사방을 둘러보며 남편과 딸 군자를 찾아보았지만 소용이
없었다. 그때엔 그녀가 남편과 딸을 평생 동안 찾아 헤맬 거라고는 상상조
차 하지 못했다. 80이 다 된 지금도 그녀는 떨어진 가족들을 찾고 있다.

※   ※   ※   ※   ※   ※

17살 난 박정이란 여학생은 항구의 물결에 출렁대고 있는 수많은 고깃

배들 중 하나라도 탈 수 없을까 하는 희망과 절망을 동시에 느끼면서 어머니와 함께 부두에 서 있었다.

마침내 그녀를 포함하여 빈틈없이 **빼빼**이 피난민을 태운 작은 어선이 흥남부두를 떠나려고 했으나, 그 고깃배는 수면 위 겨우 10여 센티미터 위로 떠가는 상태였다. 결국 그들이 등에 지거나 소달구지로 실어온 피난 보따리 전부를 배 밖으로 던져버려야만 했다. 박정 소녀는 눈물을 머금고 오빠가 아끼던 아코디언과 기타를 바다 속으로 던져버렸다. 그 두 악기는 2차대전 종결 후 공산정권하에서 5년 동안 비참한 생활을 할 때 가족들에게 즐거움을 가져다 주었던 아주 소중한 물건들이었다.

박순이란 또 다른 여학생(박정과 친척은 아님)은 가족이 흥남에서 배를 타려면 즉시 떠나야 한다는 선생님의 말을 듣고 약 8킬로 떨어진 함흥 학교에서 트럭을 타고 급히 **빠져나왔다**. 박순의 할아버지는 북한에서 최초의 기독교 목사로서 온 가족이 철저한 반공주의자들이었다. 가족의 신변이 위험하니 피신해야만 한다는 전갈이 그들에게 전해졌다. 학교 직원들이 그들 가족과 나머지 학생들을 흥남까지 트럭에 태워 가겠다고 했으나, 박순의 어머니는 완강히 거절했다. 몸부림치며 울면서도 엄마는 건설 회사 직원인 아**빠**와 독자인 아들과 집에 남겠다고 고집했다. 할 수 없이 박순은 가족과 헤어져 동급생들과 함께 이미 피난민으로 꽉 찬 흥남 쪽 차도로 트럭을 타고 갔다. 박순은 처음으로 가족과 이별하게 되었다.

박순은 후에 메릴랜드 주 켄싱튼(Kensington)에서 남편과 운전학교를

운영하며 운전교사와 사무 일을 겸하여 일하다가 은퇴했다. 그녀는 회상
하기를, 당시 학생들은 모두 3일 내로 함흥시로 돌아올 것이라고 기대했
으나, 사실은 그 후 모두 부모형제와 생이별을 하게 되었다.

　다른 피난민들이 겪은 고난을 살펴보자. 철수 작전 4개월이 지난 1951
년 4월 14일자 〈새터데이 이브닝 포스트(The Saturday evening Post)〉지에
애슐리 홀시(Ashley Halsey Jr) 기자가 기술한 바에 의하면, "오직 바이올
린 하나만 갖고 온 남자, 재봉틀을 머리에 이고 배다리를 비집고 건너오
려는 여인, 사람이 타야 하기 때문에 안 된다고 말리는데도 불구하고 온
가족이 끙끙대며 피아노를 끌어올리는 사람들 … 즉시 갑판 하부(下部)는
다리를 펼 수도 없이 사람들로 빽빽이 들어찼다. 늦게 탄 사람들은 러시
아워 때의 버스나 지하철처럼 줄곧 서 있어야만 했다. 3살짜리 여자 아이
는 살아있는 병아리 한 마리를 손에 꼭 쥐고 있었다….""

　해안으로부터 떨어져 있던 '메러디스 빅토리' 호의 사관들과 선원들은
그때 앞에서 벌어지고 있는 참담한 광경을 믿을 수가 없었다. 193대의
미 해군함정, 상선과 화물선들, 작은 어선들이 흥남항을 꽉 채우고 있는
중에 특별히 그들의 배가 역사적으로 가장 중대한 사명을 감당하게 될
줄은 상상도 할 수 없었다. 사실상 그들의 배와 그 배가 이룩한 영웅적
행위는 해군 작전상 어떤 행위가 영웅적인 것인지 새로운 표준을 세우는
계기가 되었다.

포학한 현대전에서 벌어지는 절망과 혼란 속에서도 필사적으로 탈출하려는 장면은 역사상 가장 극적인 대규모 해상 구출작전의 클라이맥스의 순간이었다. 이 작전은 10년 전 불란서 던커크(Dunkirk) 해안에서 나치스의 추격을 받으며 십만여 명의 연합군을 철수시킨 그 기적적인 성공과 맞먹는 것이었다.

미군의 방어 진지로부터 불과 6,000야드(약 5,400미터) 거리의 전방에 12만 명의 인민군과 중공군의 대 병력이 피난민들을 사살 또는 생포하라는 명령을 받고 미군을 향하여 맹렬한 공세로 접근하고 있었다. 피난민들 앞에는 망망한 동해바다가 펼쳐져 있을 뿐, 유일한 희망은 안전과 자유를 찾아 한국의 남단 부산항으로 탈출하는 것뿐이었다.

흥남 항구의 사태는 새로운 세계전쟁 중에 최근에 터진 폭발적인 위기 국면이었다. 개전 후 6개월간은 위기와 승리, 놀랄만한 반전을 거듭하며 숨 막히게 급변하는 사태의 연속이었다. 한국이 어디에 붙어 있는지조차 모르는 대부분의 미국인들은 전쟁이 또 터졌다는 사실 자체에 놀라고 있었다.

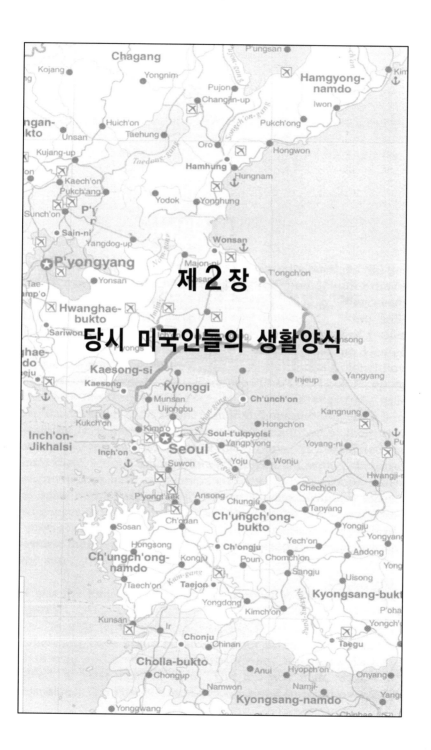

제 2 장

당시 미국인들의 생활양식

한국은 1945년에 2차대전이 종식되고 일본이 항복할 때까지 일본의 식민통치 하에 있었다. 냉전시대를 초래한 신흥 초강대국 미국과 소련은 한국의 운명을 놓고 정반대 입장을 취하고 있었다. 미국은 자유선거를 주장했지만 스탈린 통치하의 소련은 한반도에 관한 그들 자체의 계략을 가지고 자유선거를 거부했다. 결국 타협을 이루어 이들 양국이 한반도를 38선을 중심으로 남과 북으로 갈라놓게 된 것이다.

1948년 5월 10일, UN 감시 하에 남한에서는 자유선거가 실시되었으나 북한에서는 어떤 선거도 없었다. 남한, 즉 서울을 수도로 대한민국 정부가 수립되고, 자유대한을 위해 평생을 바친 확고한 의지를 가진 73세의 이승만이 초대 대통령이 되었다. 북쪽에서는 이 대통령보다 37세 연하인 36세의 김일성을 수반으로 평양을 수도로 정하고 조선인민공화국 정부를 수립했다.

1949년 3월 23일, 트루먼(Truman) 대통령은 500명의 군사고문단을 제외한 모든 미군을 한국에서 철수시키라고 명했다. 1년 후인 1950년 3월 10일까지의 기간 동안 38선에 걸쳐 18번이나 북의 도발이 자행되고 남한 내에서 29번의 공비 출몰이 있었다. 5월에 들어서면서는 도발과 출몰 사태가 급격히 줄어들었다.

1940년대 후반과 50년대 초반이 되어서야 미국인들은 처음으로 평화를 구가하게 된 반면에, 두 코리아에는 점점 긴장이 고조되고 있었다. 그러나 미국인들이 크게 우려한 국제적 긴장사태는 아시아에서가 아니고 유럽에서 발생했다. 즉, 스탈린이 250만 독일 국민을 아사(餓死)지경으로 몰아 굴복시킴으로써 연합군을 축출하려고 1948년 6월 분할된 베를린 시를 봉쇄하겠다고 무력 협박을 하고 나온 것이다.

트루먼 대통령이 "베를린 공수작전(Berlin Airlift)"을 명하자 1949년 9월 소련이 후퇴 작전에 들어간 후에는, 미국인들은 아시아의 사태에는 별로 관심이 없었다. 더욱이 어디에 있는지도 모르는 코리아라는 생소한 이름을 가진 나라에는 더더욱 관심이 없었다.

그 대신에 미국인들은 인생을 즐기고 있었다. 1년간 500만 대의 자동차를 생산해 내서 그들의 자동차와의 로맨스는 새로운 경지에 도달했다. 브로데릭 크로포드(Broderick Crawford) 주연의 "왕의 모든 남자들(*All The King's Men*)"과 스펜서 트레이시(Spencer Tracey)와 캐더린 헵번(Katharine Hepburn)이 공연한 "아담의 갈비뼈(*Adam's Rib*)"를 관람하려고 수많은 인파가 극장으로 몰려들었다. 브로드웨이 극장가로도

몰려가서 메리 마틴(Mary Martin)과 엔지오 핀자(Enzio Pinza) 공연의 "남
태평양"과 리 제이 콥(Lee J. Cobb) 주연의 "세일즈맨의 죽음(*Death of a
Salesman*)"과 캐롤 챈닝(Carrol Channing) 주연의 "신사는 금발을 좋아해
(*Gentlemen Prefer Blondes*)" 등을 관람했다.

영화가 아직 미국인들이 가장 좋아하는 오락이었으나 새로운 형태의
오락이 출현하여 미국인들을 즐겁게 했다. 그것은 바로 텔레비전이었다.
TV에 매혹되어 거실에서 불을 끄고 각종 쇼를 즐겼는데, 버트 파크
스(Bert Parks)의 "음악을 끄세요(*Stop the Music*)"와 윌리엄 벤딕스
(William Bendix)의 "라일리의 일생(*The Life of Riley*)"과 페기 우드(Peggy
Wood)의 "마마(*Mama*)" 등이 인기였다.

미국인들의 시청 습관이 달라지면서 생활양식에도 변화가 왔다. 우리
가 하는 질문도 영향을 받아서 만나기만 하면 항상 "오늘밤 TV에 뭐가
좋아?" 하고 묻기가 예사였고, 학생들은 부모들로부터 "숙제 다 하기 전
에 TV 보면 안돼!"라는 말을 항상 듣게 되었다.

우리는 대 유행한 히트송들을 신나게 불러댔다. 예컨대 "소중한 사람
과 점잖은 사람", "당나귀 열차", "황홀한 밤" 등이었으며, 진 오트리
(Gene Autry)의 "루돌프의 빨간 사슴 코"가 크리스마스 노래 중 가장 큰
히트였다. 새 매니저 케이시 스텡글(Casey Stengle)이 이끄는 뉴욕 양키즈
가 항상 마음으로 아끼는 브루클린 다저스(Brooklyn Dodgers)를 5년 연속
누르고 월드 시리즈 챔피언이 되었다.

앞을 낙관적으로 볼 수 있었던 것은 항구적인 평화 달성을 위한 진지한 노력이 있었기 때문이다. 1949년을 보내고 1950으로 들어설 때 존 록펠러(John D. Rockefeller)는 수백만 달러를 기부하여 뉴욕시의 이스트 리버(East River) 강가에 국제연합본부 건물의 초석을 놓도록 하였다.

1950년 1월 딘 애치슨(Dean Acheson) 국무장관은 워싱턴의 전국 신문 기자협회(National Press Club)에서 한 연설을 통하여 크렘린(Kremlin)에 이상야릇한 잘못된 신호를 보냈다. 애치슨은 미국의 극동 방어선에서 한국이 제외되었다고 선언함으로써 모스크바의 스탈린과 평양의 김일성에게 북한이 침략해 올 경우 미국은 남한을 방위하지 않을 것이라는 오판의 빌미를 주었다.

당시 동경의 맥아더 장군 참모진에는 갓 결혼한 한 젊은 육군 중위가 있었다. 그는 바로 훗날 닉슨 대통령의 수석 보좌관, 사성(四星) 장군, 나토 사령관, 레이건 대통령의 국무장관을 역임하게 될 알렉산더 헤이그(Alexander M. Haig) 중위였다. 애치슨 선언에 대한 맥아더 장군의 반응을 그는 2000년 4월 지금까지도 생생하게 기억하고 있다.

"맥아더 장군은 크게 화가 나 있었습니다. 나는 장군의 참모장실 바로 그 현장에서 근무했습니다. 매일 장군을 볼 수 있었고 자주 결재 서류를 전하는 등 장군을 잘 알 수 있는 그런 위치였습니다. 선언문에 대해 격노하고 있는 장군의 모습을 보았지요."

필자는 헤이그 장군에게, 도대체 애치슨이 왜 그런 망발을 하여 스탈린에게 한국에서 도발 행위를 하도록 공개적으로 청신호를 주었는가? 라는 질문을 했다. 그는 "그 사람은 한국은 미국의 관심 대상이 아니라는 확신을 가지고 있었다고 저는 봅니다"라고 대답했다. 내가 재차 물었다. "애치슨이 독단적으로 결정한 것입니까? 아니면 사전에 트루먼 대통령의 재가를 받은 것입니까?"

"그것은 아무도 모르는 일입니다."

헤이그 장군은 한 국무장관이 다른 국무장관을 평가하는 차원에서 부연설명을 했다. "애치슨을 다른 관점에서 보면 아주 명석한 친구입니다. 잘했다고 평가받는 그 이상으로 말이요. 그는 전적으로 유럽 문제에 정통한 유럽 전문가입니다. 전쟁 초기 국면에 그런 생각이 지배적이었어요. 왜냐하면, 워싱턴이나 국무성에서 제일 겁을 먹은 것은 한국에서 대항했다가는, 제 말이 믿어집니까, 베를린이 함락될 거라고 봤어요. 그것이 제일 큰 걸림돌이었습니다. 우리가 뒷짐을 지고 아무런 대응도 하지 않았던 이유가 바로 그것입니다. 참 한심스런 사고방식이었습니다."

실은 전쟁이 벌어지면 미국이 당장 한국으로 달려가 싸워야 하는가에 대해 아주 미적지근한 태도를 가졌던 미국 관리들은 애치슨이 처음이 아니었다. 1947년 9월, 미국의 군 최고 수뇌부인 합동참모본부는 "군사적 방위조치라는 관점에서 볼 때 현 수준의 병력과 군사기지를 남한에 유지함으로써 미국이 취할 전략적 이득이 별로 없다."라고 발표했다.

드와이트 아이젠하워(Dwight Eisenhower), 칼 슈파츠(Carl Spaatz) 장군, 윌리엄 리히(William Leahy), 체스터 니미츠(Chester Nimitz) 제독, 이들은 한국에 주둔한 4만5천의 미군은 "우리들의 무거운 짐이 될 것이다."라고 공언했다. 오마 브래들리(Omar Bradley) 장군이 아이젠하워 후임으로 육군 참모총장이 되었을 때에는 남한의 미군 병력이 3만명으로 감소되었다. 북에서 소련군이 마지막으로 철수한 6개월 후인 1949년 6월 29일, 남에서도 미군이 마지막으로 철수했다.

미 합동참모본부의 보고서를 받은 바로 그 달에 트루먼 대통령은 세계 최초로 수소폭탄 개발을 지시하고 그로부터 1년 4개월 만에 폭발을 실험했다. 군 징집령이 1년간 더 연장되었다. 그때 조셉 매카시(Joseph McCarthy) 위스콘신 주 공화당 상원의원이 국무성에 잠복한 공산당원이 200명이나 된다고 주장하며 연설한 사건이 특종기사로 세상을 떠들썩하게 했다. 그 일이 있은 직후 〈워싱턴포스트(*The Washington Post*)〉지의 정치 만평漫評 기자인 허블락(Herblock)이 매카시즘(McCarthyism)이라는 신조어(新造語)를 만들었다.

남한 사람들은 북한의 잦은 침투 위협에도 불구하고 처음으로 자유를 구가하며 살고 있었다. 그러나 1950년도 38선 이북의 주민들의 생활은 별로 행복한 것이 아니었다. 흥남철수 때 피난 와서 남한에 정착한 12사람을 미8군 요원이 전후 25년이 지난 1975년 12월에 인터뷰한 보고서에 그들의 비참했던 생활이 공개되었다.

당시 미8군 연구조사 과장이었던 스탠리 볼린(Stanley F. Bolin)은 다음
과 같이 기술했다:

"내가 그들에게 일본 패망 후 1950년 남한으로 피난 올 때까지의 5년
동안 이북에서 그래도 좀 즐거웠던 일로 기억나는 게 없느냐고 물었더
니, 대부분 '그런 일 없었다'는 대답이었다. 재정적으로 형편이 좋았던
몇 사람마저도 북한정권 하의 정치적 탄압이 너무 심해서 비교적 여유
가 있었지만 불안하게 살기는 마찬가지였다는 것이다. 몇몇 사람들은
일본이 항복하자 소련 군인들이 그들 가택에 들이닥쳐 약탈을 자행한
불쾌한 기억들을 가지고 있었다. 그 후 몇 년 안에 공산정권에 의해 토
지는 다 몰수당하고 과중한 세금으로 사업체는 도산할 지경이었다. 어
떤 이들은 보위부의 끊임없는 감시에 시달려야만 했다. 한 사람은 공
산당원들이 정적을 숙청할 때 부모와 두 남동생을 잃었다고 했다. 인
터뷰를 하는 과정에서 각 사람들의 열망을 알아본 결과, 어두운 절망
감에서부터 탄압이 없는 정부 하의 남북통일의 꿈까지 그들의 생각은
다양했다."

※　※　※　※　※　※

남한 사람들이 처음으로 자유를 누리고 있던 1950년 6월 25일 미명에
남북경계선 일대에는 가랑비에서 폭우까지 비가 내리기 시작했다. 5월
달에는 잠잠하더니 북한군이 갑자기 예고도 없이 38선에서 동쪽에서 서

쪽 끝까지 남한을 기습 공격했다. 북의 인민군이 옹진반도로 남한 영토를 침공한 시각은 그날 새벽 4시였다. 오전 11시가 되어서야 평양에 수도를 잡은 북한 정부가 남한에 대해 선전포고를 했다.

가슴 섬뜩하게 역사는 반복되었다. 남한 군대의 장교나 사병들이 공격을 당했을 당시에는 주말이 되어 대부분 영 밖으로 외출한 상태였고, 마치 9년 전에 미국 육·해군 병사들이 주말을 즐기다가 일본의 기습공격의 희생자가 된 사실과 너무나 같았다.

서울 날씨는 날이 새면서 구름이 끼고 가랑비가 내리고 있었다. 비가 점점 심하게 오리라는 일기예보도 있었다. 막 날이 새기 전 동경 시내의 더글러스 맥아더 연합국 총사령부(the Supreme Commander for the Allied Powers: SCAP) 지휘본부의 당직사관실의 전화 벨이 울렸다. 헤이그 중위가 전화를 받았다. 전화를 건 사람은 존 무초(John J. Muccio) 주한 미국 대사였다. 전화 연결이 잘 안 되어 직직 소리가 났지만, 무초 대사는 분명한 어조로 대규모의 북한 인민군이 4시 미명에 38선을 넘어 남한 군대와 군사시설에 대해 일제히 공격을 해왔다는 놀라운 메시지를 전했다. "조용한 아침의 나라"의 동트기 전의 고요한 잠을 흔들어 깨운 것이다.

그리하여 헤이그 중위는 동경의 맥아더 극동사령부에서 한국에서 전쟁이 터진 사실을 처음 알게 된 최초의 장교가 되었다. 1992년에 발간한 그의 자서전 〈대통령의 측근(Inner Circles)〉에서, 1949년 6월부터 여러

계통의 미국 정보기관들이 북한 공산군의 침공이 임박했다는 경고를 최
소한 1,500번 이상 했다고 썼다.

　이것이 단순한 경고가 아니라 문자 그대로 진짜 침공이라는 것을 강
조하기 위하여 무초 대사는 "중위, 이건 진짜로 멕코이(McCoy)야! ("real
McCoy"는 "정말로 진짜"라는 미국 속어이다. ― 역자). 이번엔 가짜 경보가
아닐세!"라고 말했다.

　헤이그가 "예, 대사님, 잘 알겠습니다. 즉시 대사님의 메시지를 최고사
령부에 통보하겠습니다."라고 대답하고 즉시 맥아더 장군의 참모장인 아
몬드 중장에게 그 중대하고 놀라운 뉴스를 전했다. 그때 헤이그는 아몬드
중장의 부관이었다. 지금까지 그와 비슷한 가짜경보가 수도 없이 있어 왔
기에 이번에도 아몬드 장군이 미심쩍어 하는 것을 눈치 채고, "아닙니다,
장군님, 무초 대사님 말씀이 '리얼 멕코이(real McCoy)'랍니다. 가짜 경보
가 절대 아니랍니다."라고 힘을 주어 말했다.

　아몬드가 맥아더에게 이 사실을 알리자, 맥아더는 "알겠네, 네드. 즉시
참모회의를 소집하고 작전계획에 돌입하게. 내가 7시까지 본부로 가겠
네."라고 대답했다.

　미국 본국에서 한국전쟁에서의 미국의 역할이 시작되는 순간이었다.

　이 소식은 즉각적이고 큰 충격이었다. 일반 대중은 한국에 대해 별로
아는 게 없었다. 한국이 어디에 붙어 있는지, 왜 한국이 미국에 중요한지
알지 못했다. 그러나 전국의 언론들은 달랐다. 〈워싱턴 스타(*Washington*

Star)〉지의 반응이 그 한 예이다.

"빨갱이들 전면전으로 남한 침략!"

이런 큼지막한 표제 밑에 다음과 같은 기사를 실었다:

"6월 25일(일요일) 자 서울발 AP 통신— 북한의 인민군이 오늘 새벽을 기해 전면전 침략을 감행했지만, 미군 고문단 발표에 의하면, 오후에 침략행위는 사실상 멈추었다."

수도의 조간신문 중의 하나인 〈워싱턴 포스트〉지는 "북한은 모스크바에 의해 태어난 괴물 같은 정권이므로 크렘린 지령 없이는 작전을 못한다."는 말로 긴 사설을 써서 독자들의 주의를 환기시켰다.

〈포스트〉지는 세계평화를 위협하는 이 폭발적인 사태의 위험성을 지적하면서 불길한 경고를 하고, "신속한 군사원조"를 촉구했다.

사실 한국전쟁의 발발은 그날 아침 〈워싱턴 포스트〉지나 〈뉴욕타임즈〉지에는 톱기사로 다루어지지도 않았다. 그 대신 두 신문이 톱기사로 다루었던 사건은 밀워키(Milwaukee) 발 기사로, "58명을 태운 노스웨스트 항공기가 미시간 호 상공에서 추락하여 전원 사망했다"는 것이었고, 두 번째 톱기사는 불란서 국민의회가 조르즈 비도(Georges Bidaut) 수상을 불신임 투표하여 사임케 했다는 것이었다.

〈뉴욕타임즈〉지는 신문 상단에 다음과 같이 단도직입적으로 전쟁을 보도했다:

"북한이 남한에 선전포고, 현재 교전 중"

신문은 두 통신사의 보도를 인용하였는데, 그것은 침공 명령은 크렘린이 한 것이지 북한이 결정한 것이 아니라는 〈워싱턴 포스트〉지의 주장을 확인해 주었다. "워싱턴 국무성이 한국전쟁 보고를 접하고 전쟁도발 책임이 소련에 있다는 성명서를 준비 중에 있다"는 기사도 있었다. AP통신은 "소련 지령 없이 북한의 남한 침략이 수행될 수 없다"는 남한의 주미대사 장면張勉의 말을 인용했다. 다음날 〈워싱턴 스타〉지는 전날처럼 큼지막한 머리기사 표제 밑에다

"빨갱이들, 서울 진입 남한 항복 요구"

라고 써서 세상을 놀라게 했다.

※　※　※　※　※　※

1950년, 칼 박(Karl Park)은 평양에서 32킬로 떨어진 고등학교의 상급생이었다.

50년이 지난 후 그는 메릴랜드(Maryland)의 꽃가게에서 이렇게 회고했는데, 그 가게는 피난올 때 배에서 자기 오빠의 기타와 아코디온을 바다에 던지지 않을 수 없었던 자기 부인 박정과 같이 경영하고 있었다.

"전쟁이 터질 줄 몰랐습니다. 그러나 전쟁 소식에 놀라지는 않았어요.

1945년부터 남조선이 미국의 괴뢰정권이므로 북남 통일을 해야 된다는 소리를 수도 없이 들어 왔거든요. 공산당은 이렇게 준비했습니다. 전쟁이 불가피하다는 초기의 징후로는 1949년까지 전국의 고등학생들이 '공산당청년연맹'에 가입해야 했던 것입니다.

그들은 군사훈련을 강행하고 밤낮없이 공산주의를 떠들며 세뇌를 시켰습니다. 그래서 17살에서 19살 사이의 학생들의 정신무장은 너무나 잘 되어 있었지요. 여학생들도 예외는 아니었습니다. 군사훈련으로 육체를 단련, 선전 세뇌교육으로 정신을 단련시켜 청년들을 모두 충실한 공산주의자로 만들려고 했습니다. 그러니까 1950년에 우리는 모두 싸울 준비가 되어 있었습니다."

칼 박은 그해 초기부터 심상치 않은 움직임이 있었다고 기억했다. "2월 초부터 군 장비와 보급품을 남쪽으로 수송하는 것을 보았습니다. 탱크와 기름 드럼통을 38선 방향으로 이동하는 것을 보았습니다."

칼 박에 의하면, 당시 공산정권 하에서 고등학생들에게는 오직 군복무, 교사직 아니면 흑연이나 마그네시움 또는 텅스텐 광산에서의 노동이 세 가지 길만 열려 있었다. 인민군이 남조선을 완전 장악한 후에는 자기에게 닥칠 압력을 예상하면서도 "그런 사태가 생기면 남조선에서 공산당 세포조직 건설에 투신할 공산당 요원이 될 것으로 내다봤지요."

당시 그는 이미 자신의 의사와는 관계없이 남조선에서 암약할 공산당 조직책의 일원으로 결정된 사실을 2년 전에야 비로소 알게 되었다.

　북한에서 칼 박이 들은 전쟁 발발의 보도는 진실과는 정 반대, 즉 남조선이 북조선을 침범했다는 보도였다.

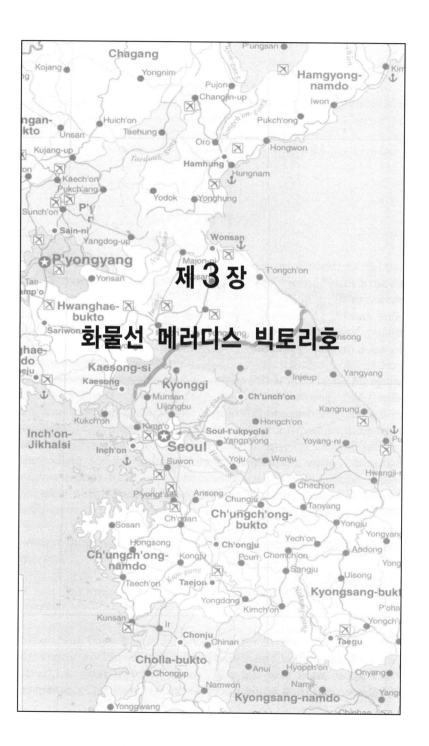

제 3 장

화물선 메러디스 빅토리호

소련 외무성이 구소련 붕괴 이후인 1994년에 남한에 넘겨준 기록물을
보면, 한국전쟁 발발은 이미 예상된 일로서 놀랄 이유가 없었다는 인상을
받게 된다. 스탈린은 미국의 군사적 반격을 우려하면서도 남한을 공산화
시켜 공산당과 소련의 지배하에 통일국가를 이루겠다는 열망이 컸음을
알 수 있다. 물론 남한 정복에 김일성이 동조한 것이다. 리승만 역시 수
년간 고령에도 불구하고 필요시 무력으로 북한을 점령하려는 생각에 골
몰해 있었다. 더욱이 모택동의 영도 하에 중국 본토를 공산화시킨 "중공
(Red China)"도 김일성의 남한 침공을 지지하려는 움직임이 보였다.

단국대학교 이사장이며 현 인천대학교 총장인 김학준 박사는 1995년
워싱턴에서 열린 한 학회에서, "그 당시 소련, 북한, 중공의 수뇌들이
모스크바, 평양, 베이징 간에 전화 통화, 상호 방문, 다른 통신수단을
이용해서 빈번히 교신한 내용을 분석해 볼 때, 그들이 남한 침략계획을
사전에 충분히 짜놓은 정황이 포착되었다"고 발표했다. 그는 학회 논문
을 통하여, "간단히 말해, 한국동란이 1950년 6월 25일에 일어났다고

하는 것은 잘못이다."고 했다. 김 박사는 그의 논문에서 1950년 1월 17
일에 김일성이 직접 한 말, 즉 "중국의 통일이 완성된 단계에 이제는 우
리가 남조선을 해방시켜야 할 차례입니다."라고 한 말을 인용했다. 김
박사는 또 한인회와 한미연합회와 조지타운 대학교가 공동주최한 "한국
전쟁−역사적 기록물 고찰"이란 학회에서 애치슨(Acheson) 선언을 인용
하여 "많은 사람들이 미국이 남한 방어의 사명을 포기할 것이라는 인상
을 받았다. 스탈린 역시 그런 인상을 받았던 것으로 추정된다."라고 했
다. 평양, 모스크바, 베이징의 수뇌들은 미국이 남조선 같은 작은 나라
때문에 3차대전의 모험은 하지 않으리라고 믿었던 것이다.

워싱턴의 심포지엄에서 김 박사는 다음과 같이 결론을 내렸다:
　"명백하고 엄연한 사실은 이것이다. 1950년에서 1953년까지의 한국
　동란은 남조선 해방의 유일한 수단인 전쟁을 일으켜 궁극적으로 공산
　치하에서의 국토통일을 완수하겠다고 김일성이 일으킨 전쟁이다. 그
　는 성공을 자신하고 전쟁을 촉발한 자로서, 우선 스탈린을, 다음엔 모
　택동을, 꾸준히 설득하여 마침내 성공을 이끌어 냈다. 이제 스탈린이
　중대한 역할을 하게 되었다. 1950년 3월경에 스탈린은 김일성이 속전
　속결로 승리할 것이므로 미국이 참전할 의사가 있어도 속수무책일 것
　이라는 전제하에 김일성의 전쟁준비를 도와주었다. 이런 의미에서 스
　탈린은 김일성 전쟁계획의 촉진자였다."

이 문제의 또 다른 전문가인 모스크바의 러시아 외무성 산하 국제문

제연구소 소장 에브게니 바하노프(Evgueni Bajanov)는 같은 심포지엄 발표문에서 스탈린의 한국전 개입에 관한 새로운 사실을 폭로했다.

바하노프 박사는 그의 주장의 출처로 "최근 비밀 해제된 소련 문서"를 인용했다. 그 문서를 연구한 결과 "1949년 말까지는 스탈린은 남침을 계획하지 않았다. 그는 오히려 남한이 북침을 하지 않을까 우려했으며 워싱턴과 서울에 대한 도발을 최대한 피하려고 노력했다. 1947년과 48년 사이에 소련 지도자들은 한반도 통일의 가능성을 믿고 있었으므로 김일성과 별도로 친선 우호조약의 체결을 거부하고 있었다."

바하노프 박사는 1948년과 49년 기간에 스탈린은 남한에 의한 북침을 진정으로 우려하고 있었다고 밝혔다. 1949년 4월 17일의 그의 기록에 의하면, 스탈린이 북한 주재 대사에게 남한에 의한 북침이 임박했음을 경고하자, 대사는 미국의 도움으로 남한이 대규모 북침 준비를 하고 있다고 확인 보고를 했으며, 북한 군대가 그것을 방어할 능력이 없다고 경고를 했다.… 분명히 소련은 북침을 두려워했고, 어떻게 해야 그 전쟁을 방지할 수 있을지 몰라서 신경을 곤두세우고 있었다. 스탈린은 38선상의 평화유지를 위해 최대한의 노력을 하지 못하고 있다고 주 북한 대사 육군대장 스티코프(Terentiy Shtykov)를 계속 질책하고 있었다.

스탈린의 입장은, 남한이 선제공격을 할 경우 북한이 그에 대한 반격으로만 전쟁을 할 수 있다는 것이었다.

스탈린은 1949년 3월 7일 모스크바에서 김일성에게 "그러므로 공격을 받고 대응할 경우에는 모든 나라의 이해와 지지를 얻을 수 있을 것이다." 라고 말했다.

북한은 남침을 위한 소련의 지원을 얻기 위해 1949년이 다 갈 때까지 꾸준히 간청하고 압력을 가한 결과, 그해 9월 11일에 스탈린은 할 수 없이 어느 정도 굽히면서, 평양 주재 소련 대사관 요원으로 하여금 남침할 경우에 야기되는 일체의 파장에 대한 전면적인 검토를 하라고 훈령을 내렸다. 2주 후 모스크바의 정치국원(Politburo)은 남침을 함으로써 미국이 한국의 내정 전반에 걸쳐 간섭하는 구실을 줄 수 있다고 경고했다.

1950년이 밝자 김일성은 스티코프 소련 대사에게 불만을 토로하며 "전국토를 통일해야 한다는 생각에 나는 밤잠을 못 자고 있소. 이 통일의 과제가 연기되면 나는 조선 인민의 신임을 잃게 됩니다."

스티코프 대사는 김일성의 주장을 모스크바에 전했다. 스탈린은 1월 30일 외교채널을 통해 회답했다:
"나는 김일성 동무의 불만을 이해하고 있다. 그러나 김 동무는 남침과 같은 거창한 작전은 철저한 준비가 절대 요건임을 명심해야 한다. 그러므로 엄청난 위험부담이 절대 없도록 조직적으로 주도면밀하게 준비해야 한다. 이 문제를 놓고 의논하기를 원한다면 나는 하시(何時)라도 김 동무를 영접하여 상의할 용의가 있다. 나는 이 문제에 관하여 김 동무를 도와줄 준비가 되어 있다."

바하노프 박사에 의하면, 스탈린은 그의 마음을 바꾸어 다음과 같은
네 가지 이유를 들어 김일성의 남한 침략을 지원할 결심을 했다:

(1) 공산당이 중국 본토를 장악했다.

(2) 소련은 1949년 실험을 통하여 현재 원자탄을 보유하고 있다.

(3) 유럽에 북대서양조약기구(NATO)가 결성된 결과 동서간 긴장이
  고조되어 스탈린이 격분해 있다.

(4) 스탈린이 "워싱톤의 입지가 약화되고 미국이 아시아의 분쟁에 군
  사적으로 개입할 의지가 약화되었음"을 인식하게 되었다.

바하노프 박사는 단언했다: "스탈린은 이제 공산진영의 군사력에 더욱
자신감을 갖게 되었고, 미국의 힘을 덜 존중할 뿐만 아니라 공산당 활동
에 대한 서방세계의 반응과 여론에 별로 신경을 쓰지 않았다."

※　※　※　※　※　※

미국과 여러 나라 국가들이 UN의 깃발 아래 같이 참전할 때까지 북한
의 전력은 남한으로서는 상대할 수 없을 정도로 컸다. 북한군은 완전 무
장한 15만명 군대 중 9만명을 침략에 동원하고, 150대의 소련제 탱크와
야포, 적어도 50대의 소련제 야크(Yak) 전투기를 전투에 투입하여 침공
했다. 인민군대는 경험이 없는 초년병들이 아니라 2차대전에 참전하고
중공군과 소련군대에서 전투경험을 쌓은 군인들이 많았다.

헤이그 장군은 그의 회고록에서 "북한군이 소련제 탱크와 총기로 무장하고 소련 군사고문단의 지시 하에 소련의 목적에 따라 작전을 수행했다."고 강조했다. 그와는 반대로 남한 병력은 전년도에 수없이 도발과 위협을 받아온 상태였지만 10만명도 채 되지 않았으며, 전투 경험이 전혀 없는데다 전투기라고는 단 한 대도 없었고, 대포도 전무했고, 겨우 수일간 전투할 탄약밖엔 없었다.

미군 병력의 규모와 전력 역시 턱없이 부족했다. 브래들리(Bradley) 장군은 훗날, 2차대전 후 군 동원령 해제에다 심한 국방예산 삭감과 맞물려 육군 병력을 "놀랄 만큼 형편없는 지경으로 축소시켰다."고 술회했다. 그는 퉁명스럽게, "그 당시 우리 육군은 종이 백(bag)을 뚫고 나올 힘조차 없었다."고 말했다. 또 다른 한 장성, 즉, 한국에서 제1 기병사단(the First Cavalry Division) 사단장이었던 호바트 게이(Hobart R. Gay) 중장은 육군의 전투태세가 전혀 갖추어지지 않아 "참으로 창피할 지경"이었다고 말했다.

작가이자 종군기자인 클레이 블레어(Clay Blair)도 비교적 동일한 논조를 폈다. 1987년 출간한 〈잊어버린 전쟁(The Forgotten War)〉에서 "여러 가지 이유로 우리 군대가 심리적으로 정신적으로 전쟁을 치를 준비가 전혀 안 된 상태였다. 전반적으로 군의 최고 지휘부로부터 군단, 사단, 여단, 대대에 이르기까지 모두 평범하고 경험이 부족하고 때로는 비능률적이며 한국의 혹독한 기후를 견딜만한 체질을 전혀 갖추지 못했다."

고 썼다.

한국동란 초기에 취재를 했던 〈뉴욕 타임즈〉의 빌 로렌스(Bill Lawrence) 기자는 CBS의 에드워드 머로우(Edward R. Murrow) 기자와 함께 5년 만에 다시 미국이 참전한 두 번째 전쟁을 취재하게 되었다.

로렌스는 훗날 〈뉴욕 타임즈〉의 백악관 상주 기자를 지내고, 〈여섯 대통령, 너무나 많은 전쟁(Six Presidents, Too Many Wars)〉이란 자서전에서, "한국전쟁은 미국이 전혀 준비가 부족했던 전쟁 중의 하나였다. 5년 간 평화시대를 거치면서 국방비의 대폭 삭감과 경비 절감에만 골몰하는 비뚤어진 생각을 가진 국방장관이 장비도 제대로 못 갖추고 조직도 엉망인 군대를 만들어 놓아서 병사들은 전의를 상실했다."고 썼다. 그는 덧붙여서 "미군이 일본에서 5년간 점령군의 편한 임무를 수행하면서 실전에 맞도록 단련될 수가 없었다. 점령군들은 게이샤(藝者: 기생) 여인들과 일대일의 백병전을 하기에 더 잘 훈련되어 있었다."라고 꼬집었다.

영국의 저술가이자 역사학자인 맥스 헤이스팅즈(Max Hastings)는 남한이 위험천만하게도 전쟁 준비가 전혀 안 된 증거들을 제시했다. 그의 저서 〈한국전쟁(The Korean War)〉에서 헤이스팅즈는 남한 군용차의 3분의 1 이상이 가동 불능이고, 부품이 없어서 무한정 수리를 기다리고 있었다고 했다. 그는 남한이 공격당하기 쉬운 취약성은 국제정치 판도에 의해 가중되었다고 했다. "남한에서 미군이 철수하고 이승만 정부에 대한 미국의 열정이 현저하게 식어버리고, 공화당 우파 세력이 한국에 대한

여하한 종류의 경제원조도 반대하고 있는 상황과 '애치슨 성명'의 악재
가 결합되어 미국인들은 이승만의 운명에 대해 거의 다 무관심해졌다."
고 썼다.

이러한 악조건에도 불구하고 마이클 돕스(Michael Dobbs)는 2000년 2
월 〈워싱턴 포스트〉지의 특집란에 북한이 남침하여 수일이 지난 후 맥
아더 장군이 일본 주둔 미군을 재편성하여 "치안활동(police action)"차
원에서 남한으로 파병할 것이라는 장군의 말을 인용했다. 돕스는 "북한
군이 곧 패할 것"이라고 예언한 맥아더 장군의 말을 장군의 의장대였던
19세의 허먼 패터슨(Herman Patterson)도 들어서 알고 있었다고 했다.
"추수감사절까지는 돌아와서 동경에서 승리 퍼레이드를 펼칠 것이다."고
한 맥아더의 호언도 인용했다.

그 전쟁을 "치안 경찰 활동"이라고 부른 데 대해 1952년 말 전방에서
막 귀환한 매쉬(M*A*S*H)의 조종사는 미시시피(Mississippi) 주의 빌락
시(Biloxi) 시 청중들에게 "그것이 경찰활동이라고요? 활동치곤 무척이
나 힘들던데요. 경찰관이 몇 명은 더 필요했는데…"라고 꼬집었다.

※　※　※　※　※　※

서울에 주둔한 그의 부하격인 군인들처럼 트루먼 대통령도 근무지를

벗어나 주말을 즐기고 있던 참이었다. 그는 미주리 주(Missouri) 인디펜
던스(Independence) 시의 사저에 와 있다가 한국에서 전쟁이 터졌다는 급
보를 받고 즉시 워싱턴으로 날아가서 미국 공군과 해군에게 38선 이남
의 남한 군대를 지원하라고 명령을 내렸다. 3일 후인 6월 30일에는 지
상군 파병을 승인했다. 이로써 미군은 지상 작전에 직접 가담하게 되었
다. 트루먼은 또 징집을 1951년 7월 9일까지 연장하는 '법령 599'에 서
명하고 예비군과 주 방위군이 현역으로 21개월까지 복무하도록 소집령
을 발동시켰다.

소련군이 공식적으로 참전은 하지 않았지만, 스탈린은 트루먼과 마찬
가지로 전쟁에 깊숙이 빠져들게 되었다. 1995년에 바하노프 박사는 "한
국전쟁 초기에 걸쳐 스탈린은 전쟁을 직접 지휘했다. 침공하는 날 마지막
명령을 한 자도 스탈린이었다. 뿐만 아니라 북조선군 지휘자에게 전술을
가르치기도 하고 중공·조선군의 지휘관들에게 매 작전마다 지시를 내리
기도 했다."고 썼다.

유엔(UN)은 전쟁이 터지자마자 적대행위 중단을 요구했다. 유엔의 호
소가 무시되자 각기 다른 나라의 군대들을 모아 참전시키는 역사적 첫
발을 내디디게 되었다. 결국 22개국 연합군이 한국전에 참전하게 되었
는데, 그런 대규모의 국제군 편성은 인류 역사상 초유의 일이었다. 7월
7일 트루먼 대통령은 맥아더 장군을 UN군 총사령관으로 임명했다.

한편 미국은 한국사태의 발전 못지않게 잠재적으로 불길한 징조를 내
포한 다른 하나의 군사행동을 취했다. 즉, 대부분의 미국인들에게 생소
하고 멀리 떨어진 월남(South Vietnam)이라는 나라에 군수물자를 수송하
고 군사훈련단을 파견했다. 남쪽 월남은 어느 정도의 민주주의, 북쪽의
월맹(North Vietnam)은 공산정권으로 남북으로 분단되어 대치하고 있었
다. 이와 동시에 세계의 외떨어진 한구석에 불령 인도차이나(French Indo
−China)라 불리는 곳에서 미국은 불란서 · 캄보디아 · 라오스 3국과 군사
원조 조약을 체결했다.

※　　※　　※　　※　　※　　※

한편 화물선 ‘메러디스 빅토리’호의 선원들은 1950년 7월 28일 버지
니아 주(Virginia) 노포크(Norfolk) 항에서 출항 준비를 하고 있었다. 한국
전도 이제 한 달째로 접어들면서 미군은 한국군과 나란히 전투를 하고
있었다.

이 화물선에는 뉴욕의 브롱크스(Bronx) 출신으로 갓 대학을 나온 로버
트 러니(J. Robert Lunney) 사관과 뉴욕의 롱아이랜드(Long Island) 킹스
포인트(King's Point)에 있는 미국 해양대학을 한 달 전에 졸업하여 2등
기관사가 된 멀 스미스(Merl Smith)가 있었다.

이들 두 사람과 필자는 모두 그날 일요일 오후, 즉 2000년도 대통령

생일 휴일(Presidents' Day) 저녁에 뉴욕 주의 웨스체스터(Weschester) 군의
브롱크스빌(Bronxville)에 모였다. 한국전 50주년 기념일 4개월 전이었고
흥남철수 50주년 기념일 1년 전이었다. 위의 두 사람과 그들의 배가 영웅
적이며 인도주의에 넘친 탁월한 구조작업의 역사적 수훈을 세웠기에 미
국 정부가 "인류역사상 최대의 해상 구출"이었다고 명명하기도 했다.

필자는 러니 사관과 그 후 몇 달 동안 자주 대화를 나누었고, 그로부
터 일주일에 수차례나 유인물 자료를 넘겨받았다. 우리가 1년간 같이 자
료정리를 하는 동안 그는 당시의 사정 배경과 메러디스 빅토리 호 선상
에서의 경험을 설명해 주었고, 참전 군인들의 단체들로 나를 인도해 주
기도 하고, 흥남철수에 가담했던 미국 육 · 해 · 공군의 요원들에게 나를
소개해 주기도 했다. 그와 대화하는 중에 당시 3등사관이었던 앨 후랜존
(Al Franzon)과 기관사 앨 카우프홀드(Al Kaufhold)를 알게 되었다.

메러디스 빅토리 호는 노스 캐롤라이나(North Carolina) 주의 한 작은
대학교의 이름을 딴 것으로, 2차대전 중 군사물자를 해외 군사기지에 수
송할 필요로 건조된 화물선으로서 승리(Victory) 선박들 중의 하나였다.
이런 종류의 배와 그들의 4촌 격인 리버티(Liberty) 수송선들은 2차대전
중 국가 총동원 계획에 박차를 가하기 위해 수백 척이 건조되었다. 빅토
리 수송선단은 태평양 지역의 해상작전에 특별히 유용하게 쓰였다. 속력
이 빠르고, 수심이 얕아도 항해할 정도로 배가 작고, 특히 한국의 동해와
황해의 심한 간만의 차이를 극복할 수 있었다.

메러디스 빅토리 호는 새로 터진 전쟁을 위해 현역으로 다시 복귀되었고, 선원 대부분이 20대 초반의 젊은이들로 37세의 노 선장 밑에서 약 두 달 남짓 유람 항해를 할 기대감 속에 들떠 있었다. 그 항해가 끝나는 대로 러니는 코넬대학교 법과대학으로 진학할 계획을 가지고 있었다. 스미스는 두 달간 화물선에서 일한 후 해양사업계에 투신하여 더 좋은 직장을 구하려고 했다.

그러나 그들의 배가 제임스 강(the James River) 하구를 빠져나와 대서양으로 들어섰을 때에도 그들은 행선지가 어딘지 몰랐다. 그저 한국과 관계가 있는 항해가 아닐까 하고 추측만 했을 뿐이다. 그들은 남쪽으로 항진하여 멕시코 만을 지나 파나마 운하를 통과하고 북상하여 캘리포니아의 오크랜드(Oakland) 해안까지 갔다. 거기서 선적한 물건으로 보아 한국행이라고 추측한 것이 적중했음을 느꼈다. 탱크 10대, 트럭 250대, 운전석 옆에 50밀리 구경 기관총이 장착된 6륜(輪) 트럭 등을 실었다.

모든 군 장비는 "실전 태세로 준비되어(battle-loaded)" 있었다. 이 외에도 탱크와 소형화기와 지뢰용 탄약을 150톤이나 실었다.

선적을 다 완료한 후 라뤼(LaRue) 선장은 당시 22세의 사관 러니를 불렀다. 2차대전 중에, 그리고 전후 기간에, 화물선을 운행했던 선장은 마침 그 달에 메러디스 빅토리 호의 선장직을 맡게 되었다. 그는 러니에게 샌프란시스코에서 세 곳을 더 들러야 한다고 일러 주었다. 먼저 배 주인을 위해 메러디스 빅토리 호를 운행하고 있는 선박회사인 무어 맥코맥 (Moore—McCormack Lines) 사와 해양업무부와 군 해양수송부를 차례로 들렀다. 그다음 세 번째로 배와 선원들을 위한 기도를 드리고 싶어서 차 이나타운의 캘리포니아 가와 그랜트(Grant) 가의 교차지점에 있는 '구 성 메리 성당(Old St. Mary Church)'에 들렀다.

그들이 샌프란시스코 항을 떠나 태평양으로 진입할 때, 메러디스 빅토리 호의 사관들과 일반 선원들이 뒤에 남기고 떠난 세계가 있었다. 가족들, 친구들, 대학 동기생들은 냇 킹 콜(Nat King Cole)의 대 히트곡 "모나리자(Mona Lisa)"를 부르며 즐기고 있었다. 당시 선풍적인 인기를 끌었던 히트곡들은 트위스트 신곡 "테네시 월츠(Tennessee Waltz)", "어 부셸 앤드 어 펙(A Bushel and a Peck)", "댓 싱잉 레이즈(That Singing Rage)— 미스 패티 페이지(Miss Patti Page)" 등이었다. 미국 음반계에 새로 발전한 기술을 도입하여 음반 기술자들은 패티 페이지의 노래에다 그녀 자신의 목소리를 더빙(dubbed)해서 패티 페이지는 자신의 목소리와 화음을 내는 기교를 부렸다.

메러디스 빅토리 호의 선원들에게는 그 해의 두 히트곡이 기이한 운명의 장난처럼 들렀다. 가이 미첼(Guy Mitchell)은 "더 로빙 카인드(The Rovin' Kind)"라는 뱃노래로 그들의 심금을 울렸으며, 특히 빙크로스비(Bing Crosby)의 "선한 주님이 당신을 축복하고 보호하시기를(May the Good Lord Bless and Keep You)!"이라는 노래는 마치 자신들을 위해 불러주는 듯 특별한 의미를 느꼈다.

텔레비전이 미국인들의 일상생활에 점점 널리 보급되었다. 칼러 TV가 대부분의 가정집에 보급되려면 아직 10년에서 15년을 더 기다려야만 했지만, 10 또는 7인치짜리 흑백 TV를 보러 모두들 거실 겸 응접실(living room)로 달려가서 즐거운 시간을 보냈다. 그 당시 대부분의 가정들은 별도의 가족실(family room)은 없었지만. ― 그 당시 인기프로는 시드 시저(Sid Caesar)와 이모진 코카(Imogene Coca)가 출연하는 "쇼 중의 쇼(Your Show of Shows)", 지미 두란테(Jimmy Durante)와 잭 베니(Jack Benny)의 쇼, 그리고 "당신의 히트 퍼레이드(Your Hit Parade)", "나는 루시를 사랑해(I Love Lucy)", "내 농담 한 마디가 무엇일까요(What's My Line)?" 그리고 "케이트 스미스 쇼(The Kate Smith Hour)" 등이었다.

당신이 $189.95를 쓸 형편이 된다면, 핼리크라프터(Hallicrafter) 상표의 12.5인치 대형 흑백 TV세트를 워싱턴 F가의 필립스(Phillips) 상점에서 살 수 있었다. 그만한 돈의 여유가 없다면, 어느 상점에서든 $19를 다운페이 하고 "장기간에 걸쳐 나누어 지불하는 할부조건"에 사인만 하고 외상으로 구입할 수 있었다. 그렇지만 급속히 확산되는 미국인들의 TV 사랑이 일간지 여흥 면에는 아직 반영되지 않고 있었다. 라디오방송 프로그램이 저녁시간 TV프로그램보다 훨씬 더 많은 지면을 차지하고 있을 때였다.

그러나 1950년이 되자 월터 크롱카이트(Walter Cronkite)가 CBS TV에서 뉴스방송을 하기 시작했다. 이제 저녁시간 TV뉴스는 일상생활의 큰 몫을 차지하는 판에 박힌 일이 되었다. 컬러TV를 살 형편이 되는 소수의 행운의 시청자들을 위해 CBS 방송사는 컬러 방송을 시작했다. 대니얼 마쉬(Daniel Marsh) 보스턴대학교 총장은 그 해 미국인들이 TV에 마음이 사로잡혀 있음으로 인해 멀리에서 위험신호가 나타나고 있는 것을 보았다. "TV에 미쳐 있는 현상이 현재 수준의 프로그램으로 지속될 때에는, 우리는 바보들로 가득 찬 나라로 전락할 운명에 처해 있다"고 경고했다. 선견지명이 있는 미국 사회의 지성인들은 머지않아 또 다른 변화가 어렴풋이 모습을 드러내고 있는 것을 보았다. 즉, 현재 추세대로 간다면 신문을 들쳐보며 실제로 뉴스를 읽는 수고를 할 필요도 없이 저녁시간 TV뉴스만 시청하면 되고, 일상생활의 고정 메뉴인 신문은 포기해도 된다. 그들의 예언은 맞았다. 인구는 늘었지만 현재 신문의 발행숫자는 1950년에 비해 319가지나 줄어든 셈이다.

한 무명의 젊은 만화가가 신문지상을 통해 미국인들을 즐겁게 해주었다. 1950년 10월 2일 찰스 슐츠(Charles Schultz)는 귀엽고 깜찍한 아이들이 성인처럼 문제를 다루는 만화를 전국 신문 연재물로 소개했다. 독자들은 그것을 찰리 브라운(Charlie Brown)이 이끌고 다니는 땅콩(Peanuts)이라고 불렀다.

전후의 두 가지 붐이 여전히 한창을 이루고 있었다. 베이비붐과 주택붐이 그것이다. 한 건축회사는 워싱턴 교외의 메릴랜드에 아름다운 위튼 공원이라는 주택단지를 개발하고 "침실 3개 딸린 위튼 공원의 새 집을 전도금 한품도 내지 않고 매달 월부금 58달러만 내면 구입할 수 있다"라고 신문에 광고를 냈다. 광고는 그 주택들이 시중의 화제가 되었다고 주장했다.

샌프란시스코를 떠난 메러디스 빅토리 호의 선원들이 태평양으로 나오기 전에 그 해 전반기에 영화관에 갈 기회를 가졌다면, 아마도 그들은 브로데릭 크로포드(Broderick Crawford)와 주디 홀리데이(Judy Holliday)가 공연(共演)하는 "어제 태어나다(Born Yesterday)", 호세 훼러(Jose Ferrer) 주연의 "시라노 베르쥬락(Cyrano de Bergerac)", 신인 테너 스타 마리오 란자(Mario Lanza) 주연의 "위대한 카루소(The Great Caruso)", 지미 스튜워트(Jimmy Stewart) 주연의, 천진한 꿈꾸는 몽상가와 그의 상상속의 토끼 이야기를 그린 영화 "하비(Harvey)"들을 보았을 것이다.

위의 것들이 멀리 희미해 보이는 샌프란시스코를 뒤로 하고 어딘지 모르는 미지의 세계를 향해 항해할 때 메러디스 빅토리 호의 선원들이 남기고 떠난 세계였다.

※　※　※　※　※　※

메러디스 빅토리 호는 일본 요꼬하마(橫濱) 항으로 항해하라는 명령을 받고 떠났다. 8월 5일에 받은 편지 내용으로 보아 러니(J.Robert Lunney)

와 그의 동료 사관들은 목적지에 대한 의구심을 가졌다. 파나마 운하를 통과하기 몇 시간 전 "현 임무 수행에 적절한 속도인 17노트 가까운" 속력으로 항해하면서 러니 사관은 다음과 같이 추측했다:

"우리가 무슨 화물을 어디로 수송해야 하는지는 불확실했지만, 아마도 탱크나 중장비 등을 일본 또는 한국으로 수송하라는 임무가 아닐까? 우리는 군 해양수송부와의 용선(傭船) 계약 하에 운행하고 있는 화물선이다. 계약서 약관에는 '선장의 재량 하에 세계 어느 항만으로도 항해할 수 있으며, 미국 정부와 그 산하 어느 정부 부처나 위원회나 대리기관의 명령과 지시에 따라 항해할 수 있다.'라고 명시되어 있다."

그는 약관을 재편집 하듯이 코멘트를 달았다: "이 약관이야말로 지상에서 달나라까지 가는 규칙을 미주알고주알 다 박아놨군!"

러니 사관은 일본까지 12~13일 걸려서 간 것으로 기억하고 있었다. 일본에서 전투장비를 더 싣도록 명령을 받았다. 동경만을 벗어나서야 다음 행선지에 관한 명령이 적힌 봉투를 열었다.

목적지: 황해 바다의 남한 서해안에 자리잡은 인천항!

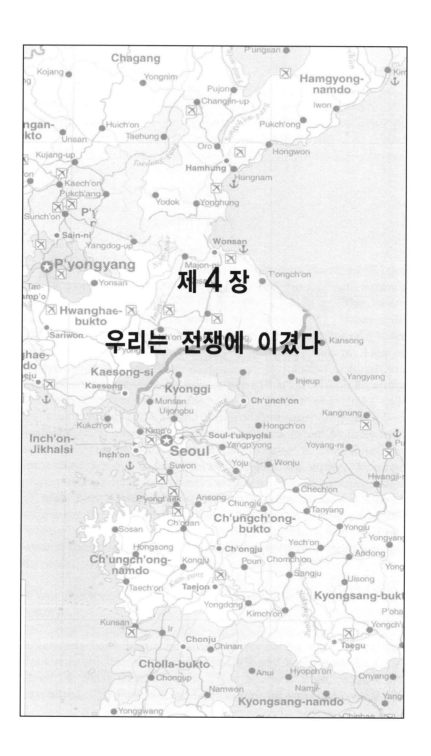

제 4 장

우리는 전쟁에 이겼다

"전투 태세(combat-ready)"를 갖춘 무기와 장비와 군수품을 실은 수송선이 그들만이 아니라는 것을 알았을 때 배 안의 전시 분위기는 더욱 고조되었다. 메러디스 빅토리 호는 화물선 호송단의 일부임을 알았다. 분명히 2차대전 해군 참전 재향군인인 러니에게는 5년 만에 제2의 전쟁이 도사리고 있었다.

메러디스 빅토리 호가 전쟁터에 투입되기 전에 황해에서 태풍이 불어닥쳐 호송단의 배들은 이리 저리로 흩어져야만 했다. 러니가 집에 보낸 편지에는 이렇게 적혀 있다: "배가 사방으로 요동치며 흔들렸소. … 간밤에 다른 배들이 취한 행동대로 우리 배도 수송단에서 빠져나왔소."

태풍이 멈추자 멀 스미스(Merl Smith)는 "도대체 다른 화물선들은 다 어디로 가버린 건가?"하고 물었다.

스미스도 앞으로 벌어질 상황에 대해 종잡을 수 없었다고 기억했다.

그 일요일 오후 러니의 집에서 한 인터뷰 때 그는 이렇게 회고했다: "우리는 정확히 무슨 일이 닥쳐올지 몰랐지만 좌우간 굉장한 일이 벌어지리라고 짐작은 했습니다. 인천이 적의 수중에 있었기 때문에 우리가 상륙작전에 참가하게 될 것으로 내다봤지요. 9월 15일, 우리 배는 인천상륙 작전 때 선단 제1진에 있었습니다."

해병대 1사단이 상륙하여 해변을 장악할 때까지 배는 해변에 닻을 내린 상태로 있었다. 그때 메러디스 빅토리 호에 싣고 온 탄약과 탱크들을 대기중인 해군의 LST함정들로 부리라는 명령이 떨어졌다.

※　※　※　※　※　※

형세는 마치 맥아더 장군이 대담하게 예언했듯이 전쟁은 곧 종식될 것처럼 보였다. 그러나 북한이 승자가 될런지도 몰랐다. 당시 북의 침략군은 맹렬한 속도로 남진을 성공시켜 오직 48킬로만 남겨놓고 UN군을 한반도 남쪽 끝 바다 속으로 처밀어 넣을 기세였다.

그러나 미군은 사투를 벌이며 부산항을 둘러싼 방어선을 구축했다. 8월 4일까지 부산을 방어의 거점으로 사수하려는 계획을 완성시켰다. 바로 그때 최초의 기적 같은 일이 벌어졌다. 즉, 맥아더의 저 유명한 인천상륙작전이 성공한 것이다! 맥아더는 한반도 서해안 중간에 있는 인천에 집결한 휘하 부대와 부산 방어선을 사수하고 있는 UN군 사이에 있는 인민군을 남과 북으로 포위하고 그들을 토막내서 괴멸시킬 수가 있었다.

종군기자 빌 로렌스(Bill Lawrence)는 물론 다른 종군 기자들도 — 미군 지휘관들은 물론이고 — 한국전은 종래의 전쟁과 판이하게 다른 것을 발견했다. 로렌스는 그의 자서전에서 이렇게 썼다:

"한국전쟁은 2차대전 중 내가 유럽에서 취재한 전쟁 또는 그 후 일본과 싸운 태평양전쟁을 취재한 그런 종류의 전쟁이 아니었다. 한국전쟁은 동족간의 내란으로 적과 아군을 구분할 수 있는 특징을 찾을 수 없어서 사실상 그들을 구별하기가 힘들었다. 전선(戰線)이 확실히 정해진 것도 아니고 안전한 후방도 없어서 진행 중인 전투현장 방향으로 지프차를 몰고 갈 때에는 오직 하나님만 가이드로 삼고 가는 수밖에 없었다.… 한국전 초기 3개월 만에 약 30명의 종군기자가 죽거나 포로가 되거나 행방불명이 되었다."

메러디스 빅토리 호는 바로 9월 15일 인천상륙작전 날 인천항에 도착하여 수송선단 중 제일 먼저 외항(外港)에 진입했다. 해병 1사단이 해변 장악 작전을 펴고 있는 동안 해군 함정들이 항구에 정박해 있는 화물선들의 머리 위를 넘어 함포사격을 개시했다. 그 다음날 메러디스 빅토리 호 선원들은 군 장비를 대기 중인 LST에 실었다.

러니는 가족에게 보낸 편지에서 이렇게 썼다: "내가 대학 등교를 시작했어야 할 바로 그 시각에 오키나와(沖繩) 상륙 이래 최대의 상륙작전 속에 처하게 된 나의 운명이 참으로 야릇한 우연의 일치 같소."

러니가 탄 배는 미 제7사단의 32연대 전투단 병력을 인천의 "청색해변 (Blue Beach)"에 안전하게 상륙시키는 임무를 수행하고 있었다. 상륙군은 230척의 함정, 7만2천 명의 미 육군, 해군, 해병대 장병 그리고 한국군 해병대 장병들로 구성된 대규모 병력이었다.

상륙작전 이틀 뒤 메러디스 빅토리 호는 공습을 당했다. 북한군 비행기 2대가 약 450미터 떨어진 미국 전함 로체스터(Rochester) 호와 영국 전함 자메이카(Jamaica) 호에 공습을 가했다.

러니는 이렇게 회상했다:

"우리는 운이 좋았다. 투하된 폭탄 4개 중 1개가 로체스터 호의 선수(船首)를 거의 때릴 뻔했고, 나머지 3개는 선미(船尾)에 떨어질 뻔했다. 폭탄 1개는 로체스터 호를 때리고 튀어 나가 갑판에 손상을 입혔지만 폭발하지는 않았다. 첫 번째 비행기가 자메이카 호에 기총소사를 가하여 3명의 수병들이 부상을 당했지만 결국 자메이카의 대공 포화에 격추당했다. 두 번째 비행기는 도주해 버렸다."

멀 스미스(Merl Smith)는 공습이 시작되었을 때 갑판 위에 서 있다가 비행기 한 대가 격추당하는 믿을 수 없는 장면을 목격했다. "아군의 대공포가 그 비행기를 공중분해 시키는 걸 보았지요."

10월 9일자 집에 보낸 편지에서 러니는 공습당한 일을 적고 나서: "나는 그때 내내 잠만 잤다오."라고 덧붙였다.

메러디스 빅토리 호가 그의 임무를 마치고 인천항을 빠져나가고 있을 때, 작은 보트가 한국인을 태우고 백기를 흔들며 접근했다. 알고 보니 13명의 무장한 인민군들이었지만 모두 승선을 허락했다. 러니는 그 후에 벌어진 일을 이렇게 회고했다:

"우리 배에는 한국말을 하는 일본인 하역 인부들이 있었는데, 그들이 인민군들에게 무기를 다 내놓으라고 했지요. 그런 다음 해군을 무전으로 불렀습니다. 해군은 우리에게 요코하마로 돌아가라고 해서 그렇게 했지요. 사실 그때 우리에게 벌어진 사태는 안심할 수 있는 상황이 아니었어요. 우리는 적의 영해 상에 떠있는 비무장 화물선에 불과했고 … 그 인민군들은 그런 줄 몰랐을 뿐이지요. 상선에는 오직 선장 한 사람만 무기를 휴대하게 되어 있거든요. 우리의 경우 라뤼 선장의 무기란 게 기껏 구형 38구경 6혈포였습니다. 그 인민군들이 우리 배와 사관과 선원 모두 합쳐서 47명을 나포할 수도 있었지요. 그러나 대신에 그들은 모두 인천 상륙작전에서 생포된 첫 전쟁포로가 되었습니다."

그 포로들 중 한 사람은 머리와 팔에 칼로 찰과상을 입었었다. 러니는 집에 보낸 편지에 이렇게 썼다: "내가 그 녀석을 '설파 다이야진'으로 치료를 해줬다오."

그 포로들은 사실상 맥아더 장군이 인천과 부산 사이에 설치해 놓은 함정에 빠지고 만 적군들이었다. "그들은 미국 군함을 보기만 하면 무조건 항복하기로 작정한 것 같았어요. 그들은 그저 인민군대에서 도망치고 싶은 생각뿐이었어요." 스미스는 그때를 회상하며 웃음을 참지 못했다.

그들이 어디서 도망쳐 나왔는지, 그들이 어떤 정보를 가지고 있는지 알아보려고 러니는 그 지역의 지도를 펴보였다. 그들의 반응을 볼 때, 북한을 위해 싸워야 할 그들은 모두 징집된 "신병(新兵)"들로서 전쟁에 대해 무식하고, 왜 싸워야 하며, 그들이 현재 어디에 있는지, 적이 누구인지조차 알지 못하는 것 같았다.

러니도 기가 막혔다는 듯이 웃었다. "내가 지도를 펴 보였을 때 그들은 마치 달의 표면을 보는 듯 어리둥절해 하더라고요."

탁월한 작전으로 큰 성공을 거둔 맥아더의 기발한 상륙작전은 전 세계의 칭송을 받았다. 그런 기쁘고 열띤 분위기 속에서 트루먼 대통령은 그의 5성 장군에게 축하의 전문을 보냈다. 그의 전문 내용을 요약하면 이렇다:

"귀관은 휘하의 전투력을 증강시킬 목적으로 시간 확보를 위해 지연작전을 취하고, 눈부신 작전을 수행하여 서울을 해방시켰는바, 그 점은 전쟁사상(戰爭史上) 그 유례를 찾기 힘든 전과(戰果)입니다. …참으로 숭고하게 잘 해내셨습니다."

북의 인민군들은 급속도로 전진하는 바이스(vise: 물체를 사이에 넣고 틀어서 죄는 기계— 역자)의 양쪽 날 사이에 끼이고 말았다. 미국과 남한의 연합군은 서울과 38선 방향으로 돌진 작전을 개시했다. 전진로 상의 적군을 모조리 소탕하고, 지난 3개월 간에 그들에게 **빼앗겼던** 모든 것을 되찾고, 서울을 2주 만에 탈환했다.

9월 25일에는 맥아더의 비상한 인천상륙작전 성공 한 방에 전세가 역전되어 기대했던 결과 이상의 작전으로 바뀌었다. 즉, 미국의 합동참모본부는 38선을 넘어 적진 속으로 전투를 확대하라고 명령했다. 트루먼 대통령, 애치슨 국무장관, 새로 임명된 조지 마셜(George Marshall) 국방장관, 이 세 사람이 북진 작전을 결정하는 데 의견일치를 본 것이다.

전쟁 초기 국면에서 침략군에게 다 **빼앗겼던** 남한 영토를 탈환한 기세를 몰아 주로 미군으로 형성된 유엔군은 북한 전역을 장악하는 작전을 개시했다.

합동참모본부의 일원으로 복무하고 퇴역한 칼 스파츠(Carl Spaatz) 장군이 "한국의 모처(某處)"에서 9월 25일 〈뉴스위크〉에 기고한 칼럼은 전투 현장의 미군 지휘관들이 승전에 도취되어 있었음을 잘 반영하고 있었다. 스파츠는 예언하기를, "북한군이 스탈린 원수로부터 직접 즉각적인 군사원조를 받지 못하는 한, 그들의 운명은 시간문제다." 그러한 조속한 도움이 없으면 북의 인민군은 "완전히 괴멸될 것이다." 그는 열흘 전의 인천

상륙작전의 성공은 "한국전 종식의 시발점이었다."라고 말했다.

스파츠는 중공군의 한국전 개입 가능성에 대해서는 한 마디도 언급하지 않았다.

편집인들이 공동으로 서명한 같은 주간지 기사에는 일주일 전의 "특보(特報)"를 인용했다. 즉, 미국은 이미 "새로운 한국이 태어날 경우를 대비하여 '한국 전승일'을 'V-K Day'(Victory in Korea)로 정하자"고 UN총회에 제안을 해놓은 상태였다.

UN군이 북한과 중국 간의 국경선인 압록강을 향해 쾌속으로 전진하는 흥분된 분위기의 와중에 중국이 목소리를 냈다. UN군에 대한 그들의 엄중한 경고는 "들어 오지 마라! 국경을 범하지 마라!"였다. 이제는 "붉은 중국(Red China)"으로 불릴 만큼 공산당이 중국 본토를 장악하고 나서 1주년을 기념한 중공이 대담해졌다. "UN군이 계속 북진하여 중국·조선 국경에 위협을 가할 경우에는 군사행동으로 응징하겠다"고 경고했다. UN군은 개의치 않고 북진을 계속했다. 막강한 양쪽 군대가 충돌 코스로 치닫고 있었다.

2개월 후, 그 결과로 10만 명에 달하는 공포에 질린 피난민이 화염에 휩쌓인 도시와 마을과 폭격으로 파괴된 집에서 도망쳐 나와 흥남항을 향해 추위에 떨며 위태롭고 예측할 수 없는 끝없는 피난길에 오르게 되었다.

1952년 한국전 참전용사 한 사람은 필자에게 이런 말을 했다. 1950년
9월과 10월에 걸쳐 압록강으로 진격하는 과정에 맥아더가 작전상 큰 실
수를 범했다. "그의 부하 장병들 간의 간격을 거의 100미터씩 떨어지게
만들었고, 우리의 군수품이 우리를 전혀 지탱해 줄 수가 없었습니다. 그
때 중공군이 얼어붙은 압록강을 건너 나팔을 불며 "만세(萬歲)"를 외치며
북한 땅으로 쳐들어왔지요."

헤이그 장군은 이렇게 말했다:

"중공군 개입이 가져온 대참사는 그 개입 자체가 문제가 아니고 그들
이 효과를 노린 전략적 기습을 문제 삼아야 한다. 확장된 포진 형태의
이점을 노리고 아군이 병력을 넓게 배치한 것도 문제였다. 북한 땅 전
역에 걸쳐 포진하며 압록강까지 북진한 미 9군단의 경우가 이 사실을
입증했고, 북한 북부지역 오른쪽 측면을 맡은 10군단의 경우가 그랬
다. 이 두 군단의 병력이 서로 격리된 위치에 있을 때 중공군의 압도
적인 공격 앞에 무너졌다. 미군이 막강한 화력을 집중시킬 전투태세
를 갖추기 전에 갑자기 다른 국면에 빠지게 된 것이다."

1995년에 발표한 논문에서 바하노프 박사는, 스탈린은 북한의 급속히
악화된 전세(戰勢)를 본 중공군이 10월 1일까지는 북조선군을 구출하기
위해 참전하리라는 확신을 갖게 되었다고 주장했다. 맥아더의 병력이
북한 전역에 걸쳐 인민군을 모조리 소탕할 기세였으므로, 이승만과 UN
연합군은 힘을 합쳐서 한국을 하나의 통일국가로 수립할 수 있는 전망

이 보였다.

바하노프 박사의 글에 의하면, 스탈린은 10월 1일 모택동과 주은래 수상에게 "귀국 장병들의 보호 아래 북조선 동무들이 새로운 전열(戰列)을 가다듬을 수 있도록 최소한 5~6개 사단의 귀국 장병들을 38선 일대로 급파해 주시기를 촉구합니다."라는 메시지를 보냈다.

그러나 모택동은 그러한 작전은 "소련을 워싱턴과의 전쟁으로 끌어들일 수 있다"는 주장으로 거절하여 크렘린을 놀라게 했다는 것이다. 소련은 이 예기치 못했던 중공의 입장 변화에 놀라서 당황했다. 그러나 모스크바로부터의 끈질긴 설득과 압력에 굴하여 2주 후에 소련 공군이 중공군을 지원하겠다는 약속의 대가로 반대를 철회했다.

한편 트루먼 대통령은 중공군의 개입으로 한국에서의 국지전이 3차대전으로 확전될 가능성이 심히 우려되어, 이 문제를 놓고 맥아더와 1 대 1로 대면하여 회담을 하기 위해 태평양을 건너 웨이크 섬(Wake Island)으로 날아갔다. 트루먼은 실질적으로 맥아더를 만나기 위해 전 여정의 반 이상을 갈 용의가 있었다. 지리적 위치로 보아 맥아더 위의 군 통수권자인 미합중국 대통령이 4,700마일을 날아가는 동안, 5성 장군인 맥아더는 웨이크 섬에서의 회합을 위해 1,900마일을 날아갔다.

10월 15일 두 사람의 회합이 이루어졌다. 멀 밀러(Merle Miller)에게 구두(口頭)로 전한 트루먼의 자서전 〈평범하게 말하다(Plain Speaking)〉에

서는 대통령의 말을 인용하여 이렇게 적고 있다:

"나는 맥아더에게 단도직입적으로 중공이 개입할 것인가 물었더니, 장
군은 '어떤 상황 하에서도 그런 일은 없을 것입니다'라고 대답했어요.
장군이 말하기를, '대통령 각하, 추수감사절까지 전쟁은 끝납니다. 크
리스마스까지는 우리 장병들을 다 동경으로 철수시킬 수 있습니다.'라
고 했습니다. 그리고 그는 그런 식의 말을 더 이어갔지요."

역사학자 데이비드 맥클러프(David McCllough)가 트루먼에게서 들은
말은, 맥아더가 "중공군의 개입을 더 이상 겁낼 필요가 없습니다"라고 했
다는 것이다.

밀러와 맥클러프가 인용한 회화를 입증하는 또 하나의 증언이 있다.
죠셉 굴든(Joseph C. Goulden)이 쓴 〈한국전쟁 비화(Korea: The Untold
Story of the War)〉에는 1951년 4월 4일, 맥아더를 해임하기 1주일 전에
쓴 트루먼의 다음과 같은 메모가 인용되어 있다:

"그는 중공군의 침공은 없을 것이라고 말했다. 그리고 전쟁은 이겼
으므로 1951년 1월에는 한국에서 1개 사단을 철수시켜 유럽으로 보
낼 수 있을 것이라고 말했다."

맥아더의 입장을 두둔하자면, 미국의 신설된 중앙정보국 CIA도 중공
군의 개입을 예측하지 못했다. CIA가 특별히 사태분석을 하고 내린 결
론은 "스탈린에 의한 3차대전 촉발 결정 같은 중대한 사태만 없다면, 중

국 참전의 '개연성'은 없다"는 것이었다.

그것은 파국을 자초한 오판이었다. 그로 인해 한국전은 3년을 더 끌었다. 맥아더는 자신의 오판의 희생자 그 이상이었다. 어떤 지휘관이나 어떤 최고 직무수행자나 마찬가지로, 그의 판단과 결정은 그가 받은 정보에 좌우될 수밖에 없었다. 중공군은 한국전에 뛰어들 태세에 있었으며, 이미 뛰어든 상태였다는 증거가 오늘날에 와서야 밝혀진 것이다.

정보의 소스에 따라 정확한 날자가 다르긴 하지만, 중공군 포로의 증언에 의하면, 중공군이 북한을 넘어온 시기는 트루먼—맥아더 회합 직전 또는 훨씬 이전임이 드러났다. 여러 가지 진술(陳述)들을 종합해 보건데, 중공군 제4 야전군의 12만 병력이 이미 압록강을 건너와 있었다. 그들의 상당수는 소련제 야포를 끌고 소련제 탱크를 몰고 있었다. 그러나 맥아더와 그의 참모들은 중공군이 쳐들어온 것을 분명히 모르고 있었다.

맥아더와 그의 정보참모 찰스 윌러비(Charles Willoughby) 소장은 중공군이 어떤 움직임을 하게 될 것인가를 파악하기 위해서는 자체 내의 정보장교들의 보고만 잘 들었어도 족한 것이었다. 중국 상공에서 정찰비행을 했던 미 공군 조종사 맥앨리스터(McAllister) 대령은 〈유에스 뉴스 앤드 월드 리포트(U.S. News & World Rcport)〉지의 1990년 6월 25일자 한국전쟁 특집으로,

잊혀진 전쟁 – 한국전쟁 40주년

이란 제목의 카버 스토리에서 "우리는 중공군이 쳐들어올 것을 예측했다. 우리가 압록강을 건너 정찰했을 때 엄청나게 많은 중공군의 집결을 보았다고 동경의 윗사람들에게 보고했다."라고 증언했다.

〈유에스 뉴스 앤드 월드 리포트(U.S. News & World Report)〉지는 그 특집기사에서, 맥아더와 그의 참모들이 중공군의 개입을 알고도 그 사실을 은폐하려고 했다고 비난하기까지 했다. 그 잡지 기사는 CBS에서 전쟁을 취재했던 전 외사과(外事課) 편집인 로버트 마틴(Robert Martin)이 한 말, 즉 "한 중공군 포로를 심문했는데 아주 심한 사천성 말투와 억양으로 보아 그는 분명 국경을 넘어와서 도와주려는 만주 지방의 중국인은 아니었다."라는 말을 인용했다. 윌로비 정보참모는 그들이 만주에서 태어난 조선족이라고 고집을 해서, 나는 "보세요, 내가 이자들에게 중국어로 말했다니까요." 하니까, 그는 고개를 돌렸다고 했다. 필자는 그가 알고 있었지만 사실을 외면하고 싶었다고 믿었다.

1990년 기사에서 〈유에스 뉴스〉지는 〈맥아더는 트루먼 대통령으로 하여금 전쟁을 만주까지 확대시키도록 하여 중공군과 한바탕 대 전투를 벌이고 싶은 그의 욕망을 감추기가 힘들었을 것이다. 40년이 지난 후 드러난 증거에 의하면, 맥아더는 자신의 목적을 달성하려고 장진호에서의 대참패와 그로 인한 수천 명의 미군 사상자를 방지할 수도 있었던 정보를 고의적으로 은폐했다고 주장했다.

　동지(同誌)는, 북에서의 전황이 다른 방향으로 전개되었더라면 장진호
에서의 위기 국면과 흥남철수는 불필요했을 것이라고 주장할 수도 있었
다. 쌍방 모두 수만 명의 인적 피해를 방지할 수도 있었고, 수십만 명의
피난민들— 등에, 팔에, 앞가슴에 손자 손녀를 들쳐 업고 비틀거리며 걷
는 노인네들과 옆에서 따라가는 아이들— 의 행렬을 방지할 수도 있었
다.

　동지(同誌)는 신원을 밝히지 않은 트루먼 행정부의 한 외교정책 보좌관
의 말을 인용하여 "문제는 정확한 정보의 부재(不在)가 아니라 중국과 전
면전을 벌이겠다는 한 실성한 사람에 의해 좋은 정보를 부정직하게 해석
한 것이었다."고 덧붙였다.

　그러나 헤이그 장군의 설명은 다르다. 그는 필자에게 이렇게 말했다:
　"애초부터 미국은 중국의 지도자들과 일체의 대화 채널이 없었기 때문
　에 그들을 오판한 것이지요. 나는 당시 트루먼과 맥아더 사이를 잇는
　통신과에 근무하고 있었는데, 젊은 육군 중위인 나에게도 그 이유가
　납득이 안 되는 일이 벌어졌어요. 갑자기 트루먼과 맥아더가 페스카도
　르 섬(the Pescadore Island) 주위에 선을 그은 다음, 맥아더는 데민에
　군사원조 계획을 수립하려고 선발대를 파견했습니다. 우리가 비밀리
　에 추진한 장개석 원조 계획과 인천 상륙작전 후 UN군이 38선을 넘어

북진한 사실 둘을 놓고 종합해 볼 때, 중공이 우리가 중국 본토에 장
개석을 다시 앉히고 그들의 공산혁명을 전복시킬 의도가 있다고 결론
을 내린 이유를 알만합니다. 그것이 그들이 개입한 명분입니다. 좌우
간, 제기랄, 전쟁을 꼭대기에서 지휘한 것은 소련이었습니다."

인터뷰에서 헤이그 장군은 트루먼과 맥아더 두 사람이 다 실수를 저
질렀다고 회고했다. 중공군 참전은 전쟁 자체의 양상은 물론 미국인들
의 그 전쟁에 대한 태도와 인식까지 바꿔놓았다.

해리 섬머즈(Harry G. Summers, Jr)가 발간한 〈한국전 연대기(*Korean
War Almanac*)〉에 의하면, 한국전이 터졌을 때 트루먼 대통령의 파병 결
정을 미국인들의 75%가 지지를 했던 반면에, 그해 11월 중공군이 참전
하자 50%로 하락했고, 그 수준의 지지율이 휴전될 때까지 3년간 유지
되었다.

전쟁이 벌어진 6월에는 65%가 전쟁이 과오가 아니었다고 했으나, 중
공군 개입 후에는 그와 정반대로 65%가 과오였다고 했다. 1952년 트루
먼을 계승하여 아이젠하워(Dwight Eisenhower)가 대통령에 입후보했을 때
에는 미국인의 3분의 1만이 한국전은 싸워볼 만한 가치가 있는 전쟁이라
고 대답했다. 그러나 1953년 7월 휴전할 당시에는 25%만이 가치가 있다
고 대답했다.

서머즈는 그의 1990년 판 〈연대기〉에서 "한국동란 중의 미국 여론은
월남전에서와 거의 같은 양상을 띠고 있었다. 예외가 있다면, 한국전에

대한 국민의 지지가 월남전 때보다 훨씬 빨리 식어 버렸다."는 것이라고
기록했다. 투르먼이 임기 18개월을 남겨두었을 때 전쟁이 일어났다. 그
는 재선을 포기했다. 트루먼의 국정 불신임도(不信任度)는 5년간 월남전
쟁을 치른 "존슨 대통령보다 훨씬 높았다."

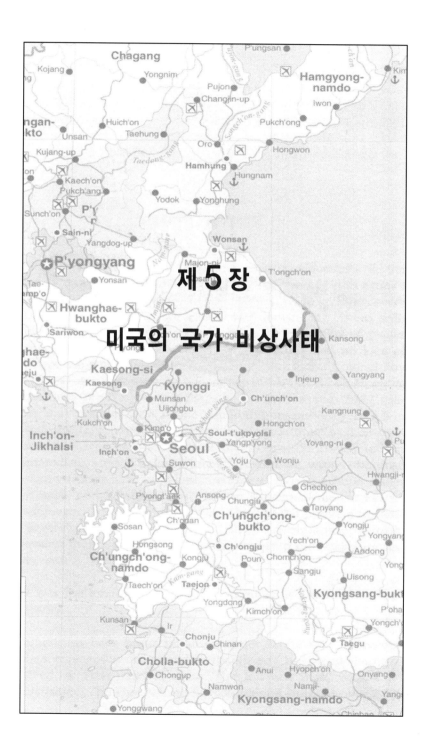

제 5 장

미국의 국가 비상사태

중공군이 한국전에 개입한 후 맥아더는 11월 24일에 총공세를 명령했다. 그가 전에도 호언장담 했듯이, "이 공세가 '성공'만 하면 여하튼 간에 전쟁을 종식시키고 한국에 평화와 통일을 구축한 후 유엔군을 조속히 철수시킬 것이다."

11월 28일에 중국은 압록강을 넘어 20만 명 이상의 병력을 증파하여 대규모 반격 작전을 전개했다. 미군을 주로 하여 조직된 유엔군은 혼돈 상태 속에 후퇴를 해야만 했다. 이것은 그때까지 미국 역사상 최악의 패전으로 기록되었다. 오전 6시 15분에 오마 브래들리(Omar Bradley) 육참 총장은 펜실베이니아 가(街) 건너편의 블레어하우스(Blair House) 관저에 있는 트루먼 대통령에게 보고했다. 그때 트루먼 대통령은 백악관을 급히 수리하는 동안 블레어하우스에 머물고 있었다. 불과 4주 전 11월 1일에는 푸에르토리코(Puerto Rican) 독립단 테러분자 2명이 대통령을 암살하려고 블레어하우스에 난입한 사건이 발생했다. 대통령은 저격을 모면했지만 한 경호원이 총상으로 죽었다. 두 테러리스트들 중 한 명은 현장에서 사살되고 한 명은 체포되었다. 브래들리는 트루먼에게 맥아더로부터 "아주 심각한 메시지"를 받았다고 보고했다. 그날 아침 급히 열린 안보보좌관 회의에서 트루먼은 말했다. "현재 우리는 매우 심각한 상황에 처하게 되었습니다. 중국이 두 발로 완전히 걸어 들어왔단 말이요." (완전 침공을 감행했다는 뜻. ― 역자) 그것은 5년 반 전 대통령이 된 이후 일어난 최악의 뉴스였다고 그는 말했다.

이 예기치 못했던 엄청난 위협에 직면한 맥아더는 대규모 병력 증강과 중국의 해상 봉쇄와 중국 본토 폭격을 원했다. 그날 오후 3시에 열린 국가안보회의에서는 전쟁을 확대하는 대신 한반도 내로만 "국한시킴으로써 (contain)" 스탈린과 그 일당이 아시아의 다른 지역으로 전쟁을 확대하여 최악의 경우 3차대전의 유발을 정당화시킬 위험을 피하려고 했다.

UN군의 운명은 거의 하룻밤 사이에 뒤바뀌었다. 맥아더는 북에서 남으로 "후퇴(withdrawal)"를 명령했다. 북진, 후퇴, 북진을 거듭한 전쟁은 이제 미국 주도의 UN군이 인천 상륙작전 이후 탈환한 지역을 통과하여 다시 남쪽으로 후퇴하는 양상으로 변했다. 후퇴 작전은 전반적 전쟁 상황의 악화를 반영한 것이었다.

크리스마스가 다가오면서 본국의 미국인들은 매일같이 급박하게 달라지는 신문 제1면의 톱기사를 읽게 되었다. 〈워싱턴 포스트〉지는 12월 1일자에 제일 큰 활자로 8단 3행에 걸쳐 제목을 달아 주의를 끌었다:

트루먼 원폭투하 신중 검토 중, 아직 명령은 미정, 애틀리 영국 수상 트
루먼과 회담차 방미, 소련 한국전 최후통첩 거부권 행사,
지아이(GI)와 해병대 중공의 함정에 걸려 듬.

같은 날 스탈린은 모택동에게 다음과 같은 전문을 보냈다:
"귀하의 성공은 귀하 자신과 우리 지도자 동지들과 소련 인민 전체를
기쁘게 했습니다. 귀하와 귀국의 지도자 동지들과 중국 인민이 미군과
의 투쟁에서 놀랄만한 성공을 거둔 것을 충심으로 축하드립니다."

스탈린을 기쁘게 한 중공군의 성공은 계속되고 있는 반면에, 맥아더의
군대가 직면한 상황은 갈수록 점점 더 위태로워졌다. 11월 30일 알렉산
더 헤이그의 직속상관인 미 10군단 사령관 아몬드(Almond) 장군은 휘하
장병들에게 흥남 방어선까지 후퇴할 것을 명령했다. 12월 9일에는 맥아
더가 UN군에게 흥남에서 바다를 통한 소개 명령을 내렸다. 해군과 해병
대는 그 명령을 수행할 준비가 되어 있었다. 그들은 이미 1주일 전부터
흥남에서 해상철수 준비를 해온 것이다.

북한 주민들 사이에서는 미군들이 가능한 한 많은 사람들을 철수시킬
의도를 가지고 있다는 소문이 빨리 퍼져나갔다. 피난민들은 먼˙거리에서
흥남을 향해 걸어서 몰려오고 어떤 피난민들은 기차를 타고 왔다. 함흥
에서 흥남으로 가는 마지막 기차가 떠날 때에는 함흥시 전체 인구의 반
수가 되는 약 5만 명의 피난민이 서로 기차를 타려고 아귀다툼이 벌어졌

다. 어린 아이들을 들쳐 업고 먼 지방에서 오는 피난민들은 고도리에서
흥남까지 32킬로 도로를 걸어오다가 지뢰밭을 밟거나, UN 군이 위험하
다고 수없이 경고를 했는데도 불구하고 전선(戰線)으로 잘못 들어가서 죽
음을 당한 사람들도 많았다.

피난민의 수가 놀랄 정도로 불어나 군대의 퇴각 작전이 곤란에 빠졌
다. 흥남으로 가는 길이 피난민들로 꽉 메워졌기 때문이다. 참으로 딱한
정경이었다. 〈한국에서의 미 3보병사단〉이라는 두툼한 정부 보고서에서
는 도로를 가득 메운 피난민들의 비참한 실태를 상세히 적고 있다:"피
난민들의 헐벗고 굶주리고 슬프고 딱한 모습들은 어디서나 눈에 흔하게
띄었다. 전국이 전쟁으로 상처를 입었다. 민간인들은 고통과 공포에 지
쳐버렸다."

※　※　※　※　※　※

도보로 피난길에 오른 피난민 행렬 가운데는 훗날 통일교의 교주가
되고 〈워싱턴 타임즈〉의 발행인이 된 문선명 목사가 있었다. 그는 민주
사회에서는 당연히 허용되고 있는 종교 활동을 절대 금하고 있는 북한
의 공산정권에 의해 포교활동을 한 죄로 형무소에 갇히게 되었다.

문 목사도 모든 남북한 사람들처럼 극심한 고통 속에서도 살아남을

수 있는 강단이 있는 사람이었다. 1947년 4월, 20대 청년인 문선명은 평양 거리에서 전도활동을 하다가 체포되었다. 1948년 4월 "사회 문란 죄"로 기소되어 재판을 받았다.

머리를 빡빡 깎여서 수갑을 찬 채 하루 종일 걸린 재판에서 유죄 판결을 받았다. 5년형을 선고받고 흥남 동리 정치범 수용소에 수감되었다. 수인번호 586을 단 그는 평균 생존기간이 6개월에서 3년이 고작인 그 수용소에서 사형언도를 받은 것과 진배없다고 생각했다.

수용소의 비인간적인 열악한 조건은 이루 다 말할 수가 없었다. 죄수들의 음식은 하루 쌀 한 줌 물 한 컵뿐이었다. 문 목사는 그래도 자기 음식을 다른 죄수들과 반씩 나누어 먹었다. 밥이 목에 걸려 컥컥거리다가 죽는 죄수들도 있었다. 그럴 때면 목에 걸린 밥을 손으로 꺼내서 자신의 입에 넣어 씹는 죄수들도 있었다. 대부분 생을 포기하고 죽어 갔다. 그러나 장래 목사가 될 그는 죽어도 내 스스로 죽지 형리들 손에는 안 죽는다 하면서 버텼다.

문선명은 2년 반 동안 수용소에 갇혀 있으면서 한번은 말라리아에 걸려 죽을 뻔했다. 한국인의 특성인 극기심(克己心)과 기도로써 문 목사는 견뎌냈다. 문 목사는 훗날 그때를 회상하면서 말했다:

"나는 마음이 약해져서 기도한 것이 아닙니다. 나는 불평불만 하지 않았어요. 내가 처한 환경에 분개한 적도 없었습니다. 내가 주님의 도움을 청하기 전에 오히려 주님을 위로하고 주님께 '제 걱정은 안 하셔도

됩니다'라고 기도했지요."

10월 중순에 UN군이 처음으로 흥남 가까이 후퇴해 왔을 때, 형무소 경비원들이 수감자들을 쏴 죽이고 있었다. UN군이 더 접근하자 경비원들은 놀라서 자기들 목숨부터 구하고자 수감자들이 도망치건 말건 줄행랑을 쳤다.

10월 14일, 문 목사는 비로소 자유의 몸이 되어 걸어서 피난길에 올랐다. 흥남에서 구조선을 탈 수 있다는 희망 같은 것은 갖지 않고 ── 그 당시에는 흥남 항에 구조선이 한 척도 없었다. ── 도시를 벗어나 400리 떨어진 평양을 향해서 걷기 시작했다. 12월 초에 평양을 떠나 서울을 향해 걸어갔다. 이때엔 박정화와 김원필이란 사람이 그를 동반했다.

눈과 얼음에 덮인 거칠고 험한 산길을 헤치며 가는 그들의 걸음은 퇴각하는 군인들의 장비와 차량에다 중공군과 인민군을 피해 필사적으로 도망치는 피난민들 사이에 끼여 더욱 고통스러웠다. 세 사람은 적에게 잡히기만 하면 참수를 당한다는 위험 속에 정신을 바짝 차리고 걸었다. 그때 박정화가 실족하여 다리를 부러뜨렸다. 문 목사는 그를 등에 업었다. 허기진 배를 움켜잡고 혹독한 추위에 떨면서 하루에 80여 리를 걸어갔다. 피난길 어느 지점에 당도해서는 박정화를 등에 업은 채 황해 바다의 일부를 건너 어느 한 섬까지 가기도 했다.

그들은 성탄 전야에 서울에 도착했다. 자유와 안전을 찾아 500마일을 걸어온 셈이었다.

오랜 세월이 지난 지금도 80고령의 문 목사는 생명의 은인인 미군 병사들에게 감사한 마음을 잊지 않고 있다. 2000년 2월 2일, 문 목사는 〈미국의 세기 상(American Century Awards)〉 수상식에서 연설을 했다. 이 상은 모든 미국인들의 생활의 질을 향상시키는 데 크게 공헌한 지도자들을 인정하고 치하하려는 취지에서 문 목사가 제정하여 〈워싱턴타임즈 재단(the Washington Times Foundation)〉에서 수여하는 상이다.

워싱턴의 캐논 하우스(Cannon House) 빌딩에서 개최된 수상식에서 그는 미국 상하의원들과 외교사절단 앞에서 연설을 했다. "미국을 위해 봉사할 수 있는 기회를 내게 허락해 주신 하나님께 감사를 드립니다. 미군이 이끈 유엔군이 한국전쟁에서 나의 조국을 구원하는 과정에서, 복음을 전파했다는 죄로 수감되어 있던 나를 공산당 수용소에서 구출해 주었기 때문입니다."

※　※　※　※　※　※

홍남으로 향하는 피난민이 홍수처럼 불어나자 후퇴하는 미군들은 피난민들에 대한 생각을 재검토하지 않을 수 없었다. 3사단의 보고서는 이렇

게 기록하고 있다:

> "한국인들의 폭이 넓은 바지저고리와 훌렁한 두루마기를 한때는 호기
> 심으로 보았지만 지금은 의심스러워서 수색 대상이 되었다. 검문소와
> 초소에서 미군 헌병과 한국 경찰이 검색하는 과정에 그 품이 훌렁한
> 옷 속에 감추어진 무기를 찾아내기도 했고, 인민군이 자신들의 군복을
> 두루마기로 가린 것도 발각되었다. UN군의 병력과 장비를 정탐하여
> 보고하라는 북한 여자와 아이들로 된 적군의 첩자들도 색출되었다. 미
> 군들은 그들이 접근하여 특히 뒤쪽이나 혹은 옆에 있을 때 신경을 더
> 욱 곤두세우지 않을 수 없었다. 농장에서 일하던 농사꾼 부부는 특히
> 경계 대상이 되었다. 가득 실은 나무더미는 겨울철 땔감일 수도 있으
> 나 그 더미 속에 무기나 탄약을 감추었는지도 모른다. 수색 정찰대도
> 이제는 배수 도랑이나 쌀가마 속이나 그럴만한 은밀한 곳에서 무기를
> 찾아내는 데 능숙해졌다."

실제로 철수작전은 미 해병 1사단이 흥남에 집결한 12월 10일에 시작
되었다. 해병대뿐만이 아니었다. 도시와 마을과 농촌 사방에서 몰려오며
길을 막아 군인들의 후퇴를 곤경에 빠트린 피난민 행렬은 이제 흥남 시내
로 흘러들어갔다.

열일곱 살 난 여학생 박정과 그녀의 어머니도 그 물결 속에 파묻혀 있
었다. 박정의 회고에 따르면, 그들은 아주 "운이 좋은" 측에 끼여 있었
다. 그 까닭은 흥남까지 까마득한 거리를 걸을 필요가 없었기 때문이다.
그 근방에서 싸우던 남한 군인 한 사람이 그녀의 오빠 중의 한 사람이었

기에 그들은 트럭을 타고 40마일의 길을 달려올 수 있었던 것이다.

박정 모녀는 12월 중순 야밤중에 어둠을 타고 은신처에서 빠져 나왔다. 작은 논두렁 옆에 있던 그들의 농가가 폭격에 허물어진 뒤 인민군들의 눈을 피해 다른 이웃의 가족들과 같이 숨어 있다가 흥남을 향해 도망치기 시작했다. 북한의 혹독한 추위가 그들의 피난을 더욱 힘들게 했다. 메릴랜드의 그녀의 꽃가게에서 박정은 말했다: "진눈개비와 바람이 지독하게 몰아쳤지요. 북한의 겨울 날씨는 시카고(Chicago)와 같았어요."

그녀는 책가방 속에 생필품 몇 가지를 싸서 넣고 오빠의 기타와 아코디언까지 어깨에 메고 갔다. 해변에서의 교전은 며칠 후에야 벌어졌으므로 잠시 정적이 지속되었다. 그녀는 말했다. "우리는 겁에 질려 쥐죽은 듯 있었지요." 피난민들 중에 처음으로 흥남 부두에 왔기 때문에 50대 중반의 어머니와 여학생은 처음 눈에 띈 작은 고깃배에 우선 타고 봐야만 했다. "그 배가 가라앉는 줄 알았어요. 사람만 태우지 짐은 안 된다고 해서요. …" 그때가 그들이 모든 짐을 배 밖으로 내던져버린 때였다.

마침내 그 어선은 바닷물 속에 잠길 듯 말 듯 하면서 동해안의 흥남과 부산 중간쯤에 있는 묵호항까지 갔다. 거기서 피난민들은 훨씬 크고 안전하며 편한 해군의 LST를 기다렸다. 며칠 기다린 후에 LST가 나타났다. 원래 LST는 승객의 항해를 위해 업그레이드된 배가 아니었지만 고깃배 속에서 시달린 피난민들에겐 퀸 메리(Queen Mary) 호 여객선만큼이나 사치스러운 것이었다.

박정 모녀는 LST를 타고 크리스마스 음식을 처음으로 먹어봤다. "평생 처음으로 스파게티를 먹어 봤지요. 아, 그 토마토소스! 맛있었냐고요? 그럼요, 무척이나 맛있었어요. 배도 몹시 고팠고요."

※ ※ ※ ※ ※ ※

박순이라고 하는 다른 여학생은 그녀의 동급생들과 같이 흥남에 당도해서 대기 중인 LST로 인도되었다. 배가 며칠 동안 흥남을 떠나지 않고 있어서 박순과 함흥에서 같이 온 그녀의 친구들은 배 맨 밑바닥 층에서 기다릴 수밖에 없었다.

내가 2000년 3월에 박순을 인터뷰했을 때 그녀는 말했다: "우리는 그 때 적어도 춥지는 않았어요. 갑판 위에 탄 사람들은 추위에 벌벌 떨었지요." 박순과 학급 친구들은 갑판으로 올라가 철수 중에 해안에서 벌어지고 있는 포격전을 바라본 증인들이 되었다. "그것은 마치 불꽃놀이 (fireworks) 같았어요."

그 여학생은 LST가 묵호항으로 들어올 때 또 다른 전쟁의 끔직한 광경을 목격하게 되었다. 추위와 굶주림에 사지가 마비되어 죽은 피난민의 시체 대 여섯 구를 뱃전 밖으로 내던져 버리는 것을 보았다. 박순은 말했다: "내 눈으로 직접 보았다니까요!"

남한의 안전한 곳에 내린 후 박순은 만나는 사람마다 북한에 남아 있는
가족들의 소식을 물었다. 마침내 남녀노소 5만여 명의 피난민들이 함흥
에서 흥남으로 가는 마지막 열차에 서로 타려고 아귀다툼을 하던 그 기차
에 탔던 고향사람 여자 하나를 만났다. 그녀는 순에게 말했다. 그녀의 부
모들을 그 마지막 기차에서 보지 못했다고. 40년이 지난 후에야 그녀의
가족들 모두 피난 가지 않고 남았다는 사실, 이미 부모님들은 다 돌아가
시고 남동생마저 죽었다는 사실을 알아냈다.

※   ※   ※   ※   ※   ※

이 북한사람들, 미군이 생명을 바쳐가며 싸우고 있는 적국의 민간인
들, 이들은 도대체 어떤 사람들인가?

스탠리 볼린(Stanly Bolin)은 25년이 지난 후 이렇게 술회했다.
"그들은 북한에서 좌익세력이 공산혁명을 전개할 때 환영받지 못했던
사람들이었다. 정치적으로 반공투사들, 지주들, 기업인들과 교육자들
이었다. 유엔군이 북진하여 공산당들을 만주 땅으로 몰아냈을 때 공
무원으로 일한 사람들도 있었다. 수복지에서 수립된 지방정부 공무원
이나 청년단원이 되어 유엔군의 지도 아래 평화와 질서 회복에 헌신
하던 사람들이었다. 그들이 염원하던 남북통일의 꿈이 이루어졌다고
믿고 있던 사람들이었다."

그러나 중공군의 개입으로 전세가 역전되면서 그들의 운명도 바뀌었다. 중공군에 밀려 UN군이 흥남 주위의 고립지대에 빠지게 되었을 때 "수십만 명의 피난민들"도 함정에 빠지고 말았다. 그들 대부분은 중공군이 무서워 집에서 도망쳐 나왔다. 미 7사단과 제3보병사단의 방어선이 급속도로 줄어들면서 고립된 항구 지역의 포위망 속에 빠져들고 말았다.

볼린은 당시 흥남시 주위의 정황을 적나라하게 묘사하면서, "그때는 12월 10일이었다. 흥남항구 밖으로 온갖 종류의 배들이 일렬로 쭉 뻗어 있었다. 193척의 대 선단을 만들어 전투사상 최대의 철수작전을 수행할 단계였다."라고 했다.

이와 동시에 미 육군에서는 전쟁영웅들이 배출되었다. 그 중 한 영웅은 AP통신의 한국 특파원 스탠 스윈튼(Stan Swinton)의 특별 타전으로 알려졌다. 그는 한국에서 이렇게 써 보냈다:

"작달막한 체구의 2성 장군 로버트 술리(Robert H. Soule)가 현재 이곳에서 가장 중심인물이 되어 있다. 제3보병사단장인 술리야말로 '인간 발전기(dynamo)'(*정력의 화신, 초인이란 뜻. ― 역자)라고 부를 수 있는 인물이다. 신출내기 3사단이 이 고립된 해안 교두보에서 핵심적 전투 사단으로 부상하는 순간이었다. 술리 장군은 부하 장병들을 고무시키며 자신의 유명한 구호를 외쳤다, '장병들! 독하게 버텨!' 그는 수없이 '사격! 사격! 제군들이 죽어라고 퍼붓는 한, 놈들은 쏘질 못해!'하며 부르짖었다."

　　　　※　　※　　※　　※　　※　　※

　영국의 애틀리(Clement Atlee) 수상이 워싱턴 정상회담을 준비하고 있고 본국에서는 미국인들이 교외의 쇼핑 몰 시대가 오기 전에 마지막으로 시내의 백화점으로 크리스마스 쇼핑을 하러 몰려들고 있을 때, 〈워싱턴 포스트〉지의 마샬 앤드류스(Marshall Andrews) 기자는 12월 5일자에, 트루먼 대통령이 다음날 국가비상사태를 선포할 것이며 그날 밤 전국민에게 "미국이 급박한 위기에 처하게 되어 그간 소매를 걷어붙이고 해온 중대한 과업을 완수해야 할 때가 왔다"는 요지의 중대한 담화문을 발표할 것이라는 기사를 터뜨렸다.

　앤드류스의 예보 기사가 맞았다. 다음날 트루먼은 국가비상사태를 선포하고 대규모 군사력 증강, 전시체제 하의 생산을 위한 경제안정, 임금과 물가 동결을 요구하는 담화였다. 징병제도 하에 매월 8만명을 군에 입대시킨 결과 한국동란 중 전 세계에 포진한 미군 남녀 장병들은 총 5백7십만 명에 이르렀다.

　트루먼은 12월 16일 행정명령을 발동하여 연봉 $175,000를 받던 제너럴 일렉트릭(General Electric)의 찰스 윌슨(Charles E. Wilson) 사장을 국가방위 총동원국의 수장으로 임명했다. 심각한 공산당들의 위협을 물리치기 위한 그의 직위로, 연봉은 $22,500로 줄어들었다.
　프란시스 더글러스(Francis P. Douglas)에 의하면, 트루먼의 행정명령으로 윌슨은 미국 역사상 전무후무한 재량권을 부여받았다. 즉, 이 행정명령은 윌슨으로 하여금 군사물자의 생산, 조달, 인력수급, 수송 및 기타 업무에 관한 행정부의 총동원령 활동 전반을 지휘·감독·조정할 수 있는 권한이었다.

전 합참의장이었던 조지 마셜(George C. Marshall) 국방장관은 후에 말했다: "그때 우리는 최악의 사태에 직면해 있었지요. 한국전쟁은 '2차대전과 3차대전의 중간'이란 말이 돌았을 정도였지요."

세계의 모든 신문들이 한국전쟁을 계속 보도했다. 〈워싱턴포스트〉지는 다시 한번 전면 상단에 가장 큰 활자로 다음과 같은 헤드라인으로 국내외적으로 휩싸여 있는 전쟁 분위기를 반영했다.

트루먼 언명: 국가 위기사태. 특단조치 임박.
170억 달러 국방비 의회 통과.
빨갱이군대 한국의 동북 해안 교두보 분쇄

미군의 후퇴과정에 중공군은 10만 명의 미 육군과 해병대 대부분을 38선 이북 135마일 지점 장진호 근방에서 포위해 버렸다. 최초의 뉴스 앵커맨인 CBS의 더글러스 에드워즈(Douglas Edwards)와 NBC의 존 캐머런(John Cameron)의 한국전쟁 뉴스를 처음으로 TV를 통해 시청하면서 전 국민이 군인들의 운명을 초조하고 안타까운 마음으로 지켜봤다.

그때는 흐린 흑백 사진, 엉성한 지도, 전투와 후퇴 장면을 찍은 뉴스영화 등으로 해설을 하면서 군인들의 운명을 전해 주었다.

아군 병력은 정치 상업 교육의 중심지인 함경남도의 수도 함흥과 흥남

항구를 향하여 꾸불꾸불하고 험준한 산간도로를 따라 후퇴를 하고 있었
다. 휴대 가능한 만큼의 장비와 군수품을 몸에 지니고 산속에서 밤에는
온도가 영하 40도까지 내려가는 혹독한 추위에 떨면서 3미터나 깊이 쌓
인 눈을 헤치고 행군을 해야만 했다. 무섭게 휘몰아치는 바람을 맞으며
끊임없는 적의 포화를 뚫고 빠져나와야만 했다.

　　　　　　※　　※　　※　　※　　※　　※

　　1988년 베이징의 중국해방군 군사과학원은 이 시기의 전투에 관한 전
투결과 보고서를 발간했다. 그 보고서의 한 발췌문 역시 격렬한 전투상황
과 무서운 추위를 지적했다. 그 일부를 여기에 소개한다:

　　"12월 7일 적군(미국군)은 고도리(장진호와 흥남 사이)로 퇴각했다. 8일
오전 7시엔 남쪽으로 대대적인 공군 지원(미국 공군)을 받아 탈출을 계
속 시도했지만 아군 58사단 2개 중대병력이 고도리 남방의 협소한 도로
에서 그들의 퇴로를 차단했다. 이때 적군은 수많은 전폭기의 지원을 받
아 퇴로를 확보하려고 맹렬히 공격해 왔고, 다른 한편으로는 북쪽으로
적의 증원부대가 올라와서 그들을 구출해 주기를 바랬다. 아군(중공군)
은 영하 30도의 맹추위를 견디며 완강하게 적을 막아냈다. 격렬한 전투
가 하루 종일 계속되었다. 아군은 800명의 적을 사살하고 증원부대의
진입을 차단했다.… 그러나 적군은 9일 아군의 진지를 뚫고 계속 남쪽
으로 도주했다. 아군 20군단 89사단이 적의 퇴로를 차단하고 600명 이

상 적군을 사살하고 90대 이상의 차량을 공격하여 노획하거나 파괴했다.… 12일에야 적군 3사단 증원부대가 오로리에서 북진하여 그들을 구출했다. 적군은 마침내 우리의 포위망을 뚫고 오로리로 패주했다.”

영하 수십 도의 강추위에 살을 에는 듯한 바람이 맹위를 떨쳐 뼛속까지 스며드는 북한의 추위를 가지고 GI들 사이에서는 “빨갱이들이 써먹는 모든 수단들처럼 이놈의 추위도 시베리아에서 곧바로 왔다.”라는 농담이 돌았다.

※　※　※　※　※　※

당시 제3보병사단 장교 프레드 롱(Fred Long) 대령은 1997년 미 7보병연대 재향군인협회지에 기고한 글에서 이렇게 회고했다:

“끊임없이 휘몰아치는 지독한 추위야말로 우리들이 당해낼 수 없는 적이었다. 그 추위에 총의 노리쇠와 총열이 얼어붙어 쪼개져 버렸다. 배터리가 다 나가버리고 오일이 얼어붙어 발동을 걸 수가 없었다. 땅이 꽝꽝 얼어붙어 박격포 바닥판을 부러뜨렸다. 참호를 판다는 것은 엄두도 못 냈다. 맹추위는 병사들의 힘을 빼고 사기를 저하시켰다. 그 그칠 줄 모르는 지옥 같은 추위에 적군은 우리보다 더 크게 고통을 당했다는 사실이 냉혹한 위안이 되었다고나 할까.”

크리스마스이브에 롱(Long)의 7연대는 존 거쓰리(John Guthrie) 대령의
지휘 하에 흥남의 핑크 해변을 건너 상륙정을 타고 해군 수송선에 승선하
여 위험지대를 빠져나와 항구 밖으로 나아갔다.

롱 대령의 회고록은 이렇게 적고 있다:

"상륙 지휘부대에 속한 해병대와 해군장병 몇몇이 해변을 건너가는 중
에 적의 총격을 받고 쓰러졌다. 거쓰리 대령의 침착한 지휘 아래 일시적
인 혼란이 수습되고 그 이상의 사상자 없이 해변을 빠져 나왔다. 거쓰리
대령과 상륙 지휘부대 요원은 맨 마지막으로 상륙정을 타고 해변을 떠났
으며, 그들은 흥남항을 떠난 맨 마지막 미군들이 되었다."

그러나 9만8천 명의 피난민들은 아직도 추위에 벌벌 떨면서 부두와 해
변에 남아 있었다.

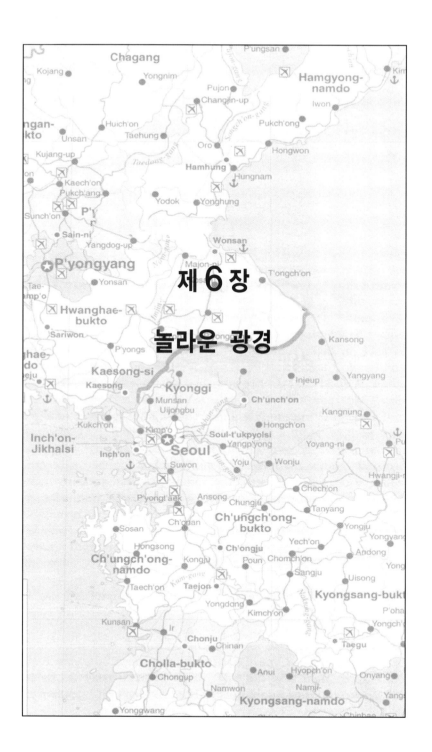

제 6 장

놀라운 광경

미군 부대들의 철수작전이 진행되고 있는 한편에서는 한도 끝도 없는 남녀노소의 피난민 행렬이 이어지고 있었다. 그들은 UN군의 행군대열에 합류되어 같이 철수를 하게 되었다. 그들은 철수작전에 밀리어 어디로 가게 될지 모르는 상황에서 보다 안전하고 편안한 삶의 가능성을 찾아 정든 집을 버리고 떠난 사람들이었다. 로이 애플만(Roy E. Appleman) 중령은 1990년 발간한 그의 저서 〈1950년 10군단 북한 함정 탈출기〉에서 자기 체험을 밝히면서 10만명의 피난민이 UN군에 합류한 것을 "엄청난 장관(壯觀)"이라고 불렀다.

그러나 UN군에 피난민이 섞인 것은 그들 자신은 물론 군부대에게 큰 위협이 되었다. 애플먼은 "그 사실은 군에 즉각적인 위협을 끼쳤다. 적은 스파이나 소요책동 분자들을 민간인들 사이에 침투시켜 기회를 노려 파괴공작을 일삼듯이 해왔기 때문이다. 미군부대의 후퇴 행군 대열이 바다를 향해 눈 덮인 산길을 뚫고 지나갈 때 심각한 문제를 야기시켰다."고 적었다.

그것은 미국의 전사(戰史)에서 최장, 최악의 철수작전이었다.

미국 국민들은 그들의 아들·형제·남편·보이프렌드들 대부분이 살아남은 줄 알고 안도의 한숨을 쉬었지만, 실은 4,395명의 엄청난 사상자를 냈다. 해병 제1사단만 해도 전사 342명, 행방불명 78명, 부상 1,683명 합쳐서 2,000명 이상의 사상자를 냈다. 12월 13일 홍남 근교 해병대 묘지에서 여러 차례 영결식을 엄수하며 전사자를 묻었다. 사단장 스미스(Smith) 소장은 맨 마지막으로 경례를 하고 묘지를 떠났다.

헤이그 장군은 그의 자서전에서 그 작전은 "철수(withdrawal)"가 아니었다고 기억했다. "그 철수가 아무리 질서정연하게 이루어졌다고 하더라도 그것은 후퇴였다. 그리고 병사들도 후퇴로 알고 있었고, 우리가 구출하지 못하고 뒤에 남겨두었던 운이 없었던 민간인들도 그렇게 여겼다."고 적고 있다.

헤이그는 그 소개 작전 중 아몬드 장군과 L-19 정찰기를 각각 따로 타고 그 아비규환의 현장 위를 날아가며 살펴봤다. 지상에서 또는 항구의 선박에서 보고 기술되어온 장면들을 공중에서 목격했던 것이다. 헤이그의 기록에 따르면, 피난 보따리를 이고 지고 홍수같이 밀려온 피난민들이 우리 장병들과 뒤섞여 있었다. 우리 병사나 해병들이 분명히 본 것은 그들 모두가 공산정권이 다시 돌아온 것을 필사적으로 피해 달아나고 있었다는 것이다.

헤이그는 후에 이렇게 썼다:

"피난 보따리를 이고 지고 홍수같이 밀려온 피난민들이 우리 장병들과 뒤섞여 있었다. 우리 병사나 해병들이 분명히 본 것은 그들 모두는 공산정권이 다시 돌아온 것을 필사적으로 피해 달아나고 있었다는 것이다.

소개 작전 막판에 잊을 수 없는 분명한 광경을 소형 비행기를 타고 내려다보았다. 우리는 흥남항에 정박한 미국 선박을 놓치지 않으려고 얼어붙을 듯 차디찬 바닷물 속으로 수천수만의 피난민들이 죽기 살기로 뛰어들어 걸어가는 장면을 보았다."

장군과 그의 젊은 부관은 경비행기로 항구 위를 선회하면서 무전기로 말을 주고받았다. 아래에 펼쳐지고 있는, 살려고 몸부림치는 인간들의 그 압도적인 장면을 내려다보면서 아몬드 장군은 10월에 대위로 승진한 헤이그에게 명했다: "저 사람들을 버리고 떠날 수는 없어! 헤이그, 저들을 보살펴줘야 한다. 알겠나!"

50년이 지난 후 필자는 헤이그 장군에게 아몬드 장군이 그때 내린 그 명령에 대해 농담조로 물었다. 헤이그는 오랜 군대생활 경험으로 너무도 잘 안다. 사성(四星) 장군이 일개 위관급 장교에게 아무리 복잡하고 절망적인 상황일지라도 "보살펴 줘라!" 단지 이 한 마디면 그 장교는 이의 없이 그대로 실천해야 한다는 것을.

헤이그는 그 명령을 실천했다. 그는 장군의 명령을 비겁한 행위나 책임 회피로 여긴 적이 단 한 번도 없었다. 사령관은 단지 군에서나 민간사회에서나 올바른 상급 지휘자라면 하급자에게 권한을 위임하는 그런 일을 했을 따름이다. 헤이그는 웃으며 말했다. "장군은 그런 식의 지휘에 능했지요. 그가 뱃심이 없어서가 결코 아니었습니다. 나는 그분이 적의 포화에 노출되었을 때 떠밀어서 막은 적이 여러 번 있었으니까요."

그는 치열한 전투 중 문자 그대로 아몬드 장군을 적의 포화선상에서 구해 낸 한 가지 사건을 이야기해 주었다:

"우리가 탱크를 앞세우고 중공군의 기관총 좌(座)를 향해 돌진하자 놈들이 총알을 비 오듯이 퍼부을 때 일어난 일이지요. UN군이 남쪽으로 후퇴하고 난 뒤 우리가 다시 북쪽으로 올라갈 때였어요. 놈들이 총알을 퍼부어대는데 우리는 그때 탱크 뒤를 따라가다가 내가 탱크 위로 뛰어오르며 장군께 소리쳤지요. 내 뒤에 몸을 숨기라고. 그리고는 전차포를 놈들의 기관총좌를 겨냥하여 갈겨댔습니다."

아몬드 장군은 결코 전투를 겁내지 않았다고 헤이그는 말했다:

"이 양반은 가장 치열한 전투 때마다 전투원 옆에 항상 있었습니다. 나는 그의 부관이었으므로, 나는 소대장 노릇할 때보다 훨씬 많이 적의 포화에 노출되었지요. 전투가 벌어지는 곳에는 항상 그가 있었기 때문입니다. 이것은 사실입니다. 왜냐하면 녹초가 되어 밤에 돌아와서는 항상 그의 전투 일지를 내가 먼저 쓴 후에야 참모회의로 가서 할 일을 끝내곤 했거든요."

10군단에서 상륙작전 전문가 중의 하나로 꼽힌 에드워드 휘니(Edward Forney) 해병대령은 부두 근처의 헛간에 본부를 두고 흥남 해변 작전을 지휘하고 있었다. 휘니는 아몬드 장군의 부(副) 참모장으로 소개 작전을 총 책임지고 있었다. 그의 역할은 선박에 군대를 태우고, 물에 떠 있는 것에는 무엇이든 간에 해변에 운집한 피난민들을 태우고, 추격해 오는 적들이 쓰지 못하도록 군장비와 군수품을 다 폭파하는 일이었다. 그는 군단의 병참참모 로우니(Rowney) 대령과 긴밀하게 연락해 가면서 작전을 수행했다.

헤이그는 휘니와 로우니 대령들과 긴밀히 연락하면서 철수작전에 필요한 선박들을 충분히 확보하는 데 힘을 기울였다. 헤이그는 위관(尉官)급 장교였으나 군대 내에서 작업을 수행하는 데 있어 묘책(妙策)을 잘 찾아내기로 유명했다. 그가 상급 장교들에게 필요한 선박을 요청할 때에는 그것이 "장군의 강한 의지를 반영한 것"으로 이해하도록 했다. 그가 "장군의 의사라고 말을 유포시킴으로써 좌우간 휘니 대령으로 하여금 자유를 찾아가는 10만여명을 운송하는 데 필요한 선박을 찾아내도록 했다."

그렇게 수많은 민간인들을 소개시키는 일이 자동적으로 되었거나 극적인 토론 없이 이루어질 수는 없었다. 미군의 생명을 위태롭게 하면서까지 전무후무한 민간인 구출 작전을 펴야만 하느냐 하는 문제를 놓고 미군 지휘관들 간에 막후교섭과 토론이 빈번히 오고 간 후에야 결정이 났다. 현봉학 박사는 그의 〈크리스마스 화물 — 흥남철수 민간인측 이야기〉란 제목의 저서에서 이러한 토론을 다루었다. 아몬드 장군의 민간 업무 자문역이었던 현 박사는 훗날 필라델피아의 토마스 제퍼슨 대학 (Thomas Jefferson University)의 병리학과 혈액학 교수가 되었다.

현 박사는 훠니 대령이 아몬드 장군에게 피난민을 버리지 말고 반드시 소개시켜야 된다고 역설하여 설득시켰다고 확신하고 있다. 훠니 대령이 아몬드 장군에게 건의하겠다고 말하면서 "현 박사, 어려운 일이지만 한 번 해 봅시다!"라고 말할 때, 현 박사의 근심에 찬 얼굴표정을 보고는 "나 폴레옹이 내 사전에는 '불가능(impossible)'이란 말은 없다고 하지 않았소. 한번 해봅시다."라고 말했다고 증언하였다.

11월 30일, 현 박사와 훠니 대령이 아몬드 장군을 만났다. 미군들의 생명을 위태롭게 하면서까지 북한 피난민의 소개를 위해 미군의 철수 시간을 지연시키는 것에 대해 완강한 반대가 있음을 알고 있는 현 박사는 아몬드장군에게 "장군님, 여기 모인 사람들 모두 민주주의를 신봉하는 사람들입니다. 지난 5년간 이들은 공산당과 싸웠습니다. 제발 도와주십시오!" 하고 간청했다. 훠니 대령도 "장군님, 이들은 생명을 걸고 우리에게 협력한 자들입니다."라고 역설했다.

현 박사는 계속해서 "장군님, UN군을 도와서 일을 해온 사람들을 어떻게 하시겠습니까? 군 작전상 편의를 위해 그들을 포기해서야 되겠습니까?"라고 다그쳤다.

이들의 말을 다 듣고 나서 아몬드는 말했다: "좋소. 그러나 이 시점에서는 우리 군대 자체만이라도 철수시킬 수 있을지가 의문이오."

그러나 아몬드 역시 다른 많은 지휘관들이 두려워하듯이 적의 스파이들이 피난민에 침투할 가능성을 우려했다.

밀고 댕기고 하는 설득작업이 끝나자, 아몬드는 동경의 총사령부에 타진해 보겠다고 했다.

현 박사는 포기하지 않고 그 후 몇 차례 더 아몬드장군을 만나서 민간인 소개 문제를 가지고 그를 괴롭힐 만큼 설득했다. 휘니 대령과 전사(戰史) 과장인 제임스 쇼트(James Short) 소령은 현 박사를 지지하는 발언을 계속했다.

12월 9일, 미군 당국이 민간인 고용인들은 소개할 수 없을 것이라는 발표가 있자 현 박사가 주장한 일은 허사로 끝나는 듯 보였다. "나를 찾아와서 도움을 청하는 사람들과 마찬가지로 나는 절망하지 않을 수 없었다."고 그는 나중에 회고했다.

그러나 4일 후 현 박사는 종군신부로서 10군단에 배속되었던 한국의 메리놀(Maryknoll) 선교사인 패트릭 클리어리(Patrick Cleary) 신부를 만났다. 클리어리 신부와 현 박사는 남한의 요인과 접촉하여 LST 2대를 차출하여 군 장비를 흥남에서 선적시키고 대신에 다른 배가 4,000여 명의 피난민을 태우도록 하였다. 그것이 12월 중순의 일이었다. 흥남 철수의 커

트라인은 30리 밖까지만 정해지고 데드라인 시간은 다음날 아침 6시로 정해졌을 때, 중공군은 벌써 도시의 외곽까지 진격해 와 있었다.

12월 15일 오후, 휘니 대령과 현 박사가 참석한 회의에서 아몬드 장군은 말했다: "우리는 4천 내지 5천 명의 피난민을 함흥에서 흥남까지 기차로 소개시키겠소."

현 박사가 한 장로교 예배당에 들러서 이 말을 전하려고 했을 때, 지하실에서 50명의 교인들은 신자들이 모여서 함께 기도하는 마지막 밤인 줄 알고 기도를 하고 있었다. 그 다음날 아침이면 중공군이 들이닥칠 기세였다. 그가 미군이 그들을 구출할 것이라고 말하자 한 신자는 "우리를 구출해 주러 모세가 왔다!"고 외쳤다. 그러자 교인 전체가 그를 따라 한목소리로 계속 외쳐댔다.

현 박사는 한 초등학교 동창 친구의 집에 들러서 부인을 데리고 속히 기차역으로 가면 구출될 수 있다고 말해 주었다. 그러나 부인이 곧 해산을 앞두고 있어서 떠날 수 없다고 했다. 친구와 그 부인을 포기하고 떠나면서 현 박사는 큰 슬픔에 잠겼다. 후에 그는 "어떻게라도 그 친구와 부인을 강제로라도 떠나게 했어야 했는데…. 그렇게 하지 못한 것을 후회하면서 한참 울었습니다."라고 했다.

현 박사에 따르면, 북한의 반공 지도자들 상당수가 대부분의 기독교 신자들과 함께 소개되었으나 상당히 많은 사람들은 함흥에서 떠나지 못

했다고 한다:

> "자정이 지난 2시에 함흥을 떠난 기차가 새벽 5시에 흥남에 도착했지
> 요. 기차를 놓친 수많은 사람들이 얼어붙은 논과 산길을 걸어 흥남까
> 지 가려고 했지요. 그 중 반수 이상은 미군 헌병들이 미군 차량 통과를
> 위해 도로를 확보하려고 그들을 막고 강제로 되돌려 보냈어요. 그런
> 중에도 나머지 사람들은 헌병들을 제치고 동북지방에서 내려온 피난민
> 들과 합류하여 흥남까지 갈 수 있었습니다."

함흥에서 미군의 철수가 완료되자 그 다음의 도전은 흥남으로 운집하
여 며칠 동안 배를 타기를 학수고대하는 10만명이나 되는 피난민들을
어떻게 처리하느냐 하는 것이었다. 운이 좋은 사람들은 차디찬 텅 빈 학
교와 가정집에 수용되었지만 운이 없는 사람들은 불도 물도 취사시설도
없는 학교 운동장이나 회당(會堂) 마당에 모여서 기다렸다. 더러는 얼어
죽기도 했고, 그 와중에 애를 낳는 여인들도 있었다.

한편 먼저 군인들부터 소개시키려고 각종 선박이 항구에 도착했다.
한 번에 7척의 배만 수용할 수 있는 항구에 11척의 배들이 닻을 내렸다.
현 박사는 회고했다: "군대의 소개작전은 밤낮없이 계속되었습니다. 영
하 10도의 추위에서 수병들이 파손된 항구시설을 수리하고 고장난 예인
선들을 고쳤지요. 전투의 포화소리는 가까워 오는데 민간인들을 태울
배는 보이지 않았습니다."

마침내 12월 17일인지 18일에 남한의 LST 3척과 일본으로부터 수송선 6척이 흥남항에 도착하고서야 구원의 손길이 뻗쳤음을 알게 되었다. 그리하여 12월 19일에야 민간인 소개가 시작되었다. LST는 1,000명 정도 탈 수 있는 적재량 한도를 넘어 5,000명 이상을 태웠다. 한 척은 1만 명까지도 태웠다는 보고도 있었다.

현 박사는 12월 21일에 싸전트 앤드류 밀러(Seargent Andrew Miller)호에 타라는 명령을 받았다. 그는 갑판에서 밤새도록 소개가 진행되는 것을 바라보았다. 어떤 사람들은 자리가 없어서 못 탈 수도 있다는 공포에 떨었다. 그들의 공포는 적군 포화의 굉음소리가 가까워지면서 가중되었다. 밤에는 미 해군의 함포사격이 지평선에 떨어지는 유성처럼 보였다.

현 박사가 탄 배는 메러디스 빅토리 호가 떠나기 전인 12월 22일에 흥남항을 빠져나갔다. 그는 회상했다: "흥남을 떠난 지 오래되었지만 멀리서도 전투의 포화를 보고 들을 수가 있었지요." 훠니 대령은 후일 흥남부두에서 구출된 피난민 수가 10만명이나 된다는 말을 듣고는 감정이 북받쳐 올라 울먹였다. "나는 그에게 고맙다는 말을 하려고 했지만 말문이 열어지지가 않았어요. 10군단은 내가 가능하리라고 생각한 그 이상의 사람을 구했습니다."

그 철수작전이 끝난 후 훠니 대령이 본국으로 전출되어 현 박사는 그에

게 감사의 편지를 썼다. 대령은 회신에서, "나는 박사님이 살던 그 땅에
서 10만명 이상의 생명이 구출되었다는 말을 들었을 때의 박사님의 그
얼굴 표정을 평생 잊을 수가 없습니다. 그 얼굴 표정만으로도 충분한 감
사의 표시가 되었습니다."라고 썼다.

구출작업이 그 이상 지연되었다면 모든 것이 불가능했을 것이다. 흥남
에서 가까운 원산시가 적의 수중에 떨어지자 남쪽으로의 소개가 차단되
었기 때문이다. 민간인을 태울 비행기는 물론 전무했다. 유일한 길은 흥
남항구에서 바다로 빠져나가는 수밖에 없었다.

몇 척의 선박이 이 일을 위해 대기하고 있었다. 그 중의 한 배가 바로
메러디스 빅토리(Meredith Victory) 호였다.

이 배는 지난 가을까지 인천, 부산, 일본을 왕래하던 배였는데, 동경
에서 흥남 근방의 연포 해군비행대 기지까지 200리터 드럼통에 든 제트
기 연료를 1만 톤이나 운반하도록 명령을 받고 항해를 하고 있었다. 동
해상의 주요 항구인 흥남항에 도착했을 때에는 적들의 강한 공세에 봉
착해 연료의 하역 작업이 불가능해졌다. 해병대는 이미 철수하고 있었
고….

그때 제트기 연료를 다시 부산으로 가서 하역하라는 명령을 받았다.
부산에서 하역 작업을 다 끝내기도 전에 라뤼(LaRue) 선장은 급히 흥남으
로 가서 철수작전을 도우라는 비상명령을 받았다. 메러디스 빅토리 호가

흥남항에 도착한 것은 12월 20일이었다.

미군들이 흥남으로부터 철수되기를 기다리고 있는 상황에서 쓸 수 있는 선박은 다 필요했다. 거기에다 거의 10만명에 가까운 북한 피난민들이 기다리고 있는 상황. 피난민들은 여자들, 아이들, 노인들 모두 적국의 사람들이었다. 그러나 그들도 사람이다. 도대체 그들이 어떻게 되어야 한단 말인가?

메러디스 빅토리 호가 흥남의 외항(外港)으로 진입했을 때 해군의 소해정(掃海艇: 어뢰 제거함)의 에스코트를 받아 피난민들이 태워 달라고 아우성치고 있는 해변 가까운 한 지점까지 진입했다. 1등 사관 러니는, 소해정이 메러디스 빅토리 호에 어떤 화물을 실었느냐고 묻는 신호를 보내왔다고 기억하고 있다. 모든 미국의 함선은 무전통신을 못하도록 되어 있었기 때문에, 널빤지에 조사등(照射燈)을 비춰서 신호를 반짝반짝 보내는 방법을 썼다. 수면 아래에 소련의 잠수함이 노리고 있었기 때문이다.

러니가 제트기 연료를 적재하고 있다고 신호를 보내자 그들의 놀라운 얼굴 표정이 비쳐진 것을 읽을 수 있었다. 소해정 역할이 절대 필요했던 것은 해전사상(海戰史上) 기뢰 설치가 가장 심했던 항만 중의 하나로 메러디스 빅토리 호가 진입하고 있었기 때문이다.

당시의 상황을 러니는 이렇게 회고했다:

"적들은 상상할 수 있는 모든 종류의 기뢰를 설치해 놓았어요. 자력기뢰, 미끼 기뢰, 계수 기뢰(counter mine) — 이놈은 위로 지나가는 배를 세고 있다가 조정하기에 따라 다섯 번째나 열 번째 배가 지날 때 폭발하는 교묘한 기뢰지요. 요사이는 이런 놈을 '꾀보 기뢰(smart mine)'라고도 부릅니다. 게다가 압력 기뢰(pressure mine)도 설치해 놓았는데 지나가는 배의 크기에 따라서 폭발합니다. 상당히 많은 기뢰들이 2차대전 중에 만들어진 것들인데, 영화에서 본 것 같은 그런 것들입니다."

메러디스 빅토리 호와 소해정 사이에 2,500야드의 거리를 유지하라는 명령이 떨어졌다. 빅토리 호 선원들은 두 배 사이의 거리가 점점 벌어지는 것을 재빨리 알아차렸다. 루니는 말했다: "소해정이 계속 물러나고 있더군요. 우리 배의 제트기 연료와 가까웠다가는 큰일을 당하니까요."

그 화물선이 해변 가까이 닻을 내리자 미군 대령 몇 명이 승선했다. 그 중 한 사람은 아몬드 장군의 직속부하인 10군단 소속 존 차일스(John H. Chiles) 대령이었다. 대령들은 라뤼 선장과 러니를 포함한 사관들과 해군의 은어(隱語)로 "상급 사관실(ward room)"이라 부르는 집합소인 "담화실(saloon)"에서 만났다. 차일스 대령이 라뤼 선장에게, 메러디스 빅토리 호는 맨 마지막으로 철수하는 선박들 중의 하나인데, 피난민들을 태우고 부산까지 갈 수 있겠느냐고 물었다.

그때 라뤼 선장이 한 대답은 세월이 지났어도 러니의 기억 속에 아직도 생생하다:

"그때 대령들이 상황을 설명하고 라뤼 선장에게 흥남 철수작전이 벌써 시작되었다고 말했어요. 우리는 그런 얘기를 처음 들었지요. 제1해병 사단과 제7보병사단은 이미 철수했고, 제3보병사단은 방어선을 지키고 있다고 했습니다. 그러나 적군들의 진격이 바짝 다가왔다고 했어요. 곧 사태가 심각함을 알게 되었습니다. 눈이 닿는 끝까지 해변은 수천수만의 피난민들로 꽉 차 있었거든요."

대령들은 라뤼 선장에게 피난민을 태우라고 명령할 수는 없었다. 특히 그 배는 규정상 사관과 선원 외에 더 탈 수 있는 사람은 12명뿐이다. 그때 한 대령이 "우리는 당신에게 그들을 태우라고 명령할 수는 없다. 그러나 당신이 자원해서 태울 수는 있다. 그러니 상급 사관들과 상의하여 결정해 주기를 바란다."고 말했다.

러니는 라뤼 선장이 전혀 주저함 없이 대답한 것을 기억하고 있다. "선장은 좌나 우로 머리를 돌린다거나 누구와 상의하는 일 없이 즉석대답을 했어요. 그가 태울 수 있는 한 많이 태우고 가겠다고요."

사관들 중 어느 누구도 선장의 결정에 질문을 던진 사람도 없었고 토론한 다음에 대령들에게 대답하자고 건의하는 사람도 없었다. 포탄이 사방에서 터지고 있는 전쟁 북새통에 제트기 연료를 싣고 있으므로 위험하니

속히 배를 돌려 달아나자고 말하는 사관도 없었다.

"우리 자신을 걱정하는 사람은 아무도 없었습니다. 좀 진부하게 들릴
는지 모르나, 우리는 그때 우리 할 일에만 열중했지요. 무서워하지도 않
았어요. 선장이 배를 진입시키라고 하면 그대로 했고요. 우리가 하기로
된 일을 한 것입니다."라고 러니는 회상했다.

※　※　※　※　※　※

장교 한 사람이 피난민을 배에 태우는 문제와 관련해서 조정할 일이
있다고 하면서 승선했을 때 일어난 코믹한 장면 하나를 멀 스미스(Merl
Smith)는 기억하고 있었다:

"배에는 그 장교가 본 적도 없는 맛있는 음식들이 너무 많았지요. 먹고
싶은 대로 마음껏 먹으라고 했지요. 우리는 그가 아주 입에 살살 녹을
듯한 비프스테이크를 원할 줄 알았지요. 그런데 양파가 그렇게 먹고
싶다는 것이었습니다. '몇 주 동안 양파가 먹고 싶었어요.' 우리는 그
말을 믿을 수가 없었어요. 그 장교가 우리를 놀리는 줄 알았어요. 그러
면서 그는 우리 앞에서 양파를 집더니 사과처럼 어적어적 씹어 먹더라
고요. 그 장면을 잊을 수가 없습니다."

좌우지간 피난민들이 몇 명이 탔건 간에 메러디스 빅토리 호는 초만원

을 이루게 되었다. 철수 후 그 배의 성공담을 실은 기사에서 더 탈 수
있는 인원이 12명이었다고 했는데, 정확히 말하면 한 사람도 더 태울 수
없는 규정이 있었다. 기관사 멀 스미스가 설명했다:

"오직 35명의 선원과 12명의 사관들을 위한 수용시설만 있었습니다.
12명을 더 태울 수 있는 공간은 있었지만 그것은 사람을 수용할 수 있
는 그런 방이 아니었어요. 12명을 위한 침상이나 부대시설이 전혀 없
었어요. 12명을 위한 공간은 있었지만 그곳은 아무것도 갖추어지지 않
은 빈 방이었지요."

선장의 결정 명령이 떨어지자 메러디스 빅토리 호는 해변 쪽으로 가까
이 가서 다른 미국 화물선 노쿠바(Norcuba) 호 옆 제3부두에 정박했다.
미군 공병대가 재빨리 노쿠바 호 위를 건너질러 피난민들의 유일한 생명
줄인 보행판도(步行板道)를 설치했다. "눈이 닿는 끝까지 피난민들로 인
산인해를 이루고 있었다. 미치고 환장할 정경이었다."라고 스미스는 회
고했다. 피난민들은 선원들이 배 옆면에 사다리처럼 늘어뜨린 화물 선적
용 밧줄 그물을 타고 기어 올라갔다.

러니는 덧붙여 말했다: "그들 모두가 혹독한 공산치하에서 5년 동안
버틴 사람들이었어요. 그들은 발로 투표하여 정권을 택했습니다." 러니
의 말이 끝나자 스미스도 덧붙여 말했다: "그들은 공산당이 무서워 죽을
뻔했던 사람들이었어요."

49년이 지난 후 장진호 후퇴에서 살아남은 그 당시 젊은 해병대 소위였던 조세프 R. 오웬(Joseph R. Owen)도 해군대학의 저술가로서 그가 쓴 〈지옥보다 더 추었다(Colder Than Hell)〉라는 책에서 같은 의견을 피력했다. 그는 1999년 3월 〈로버트 맥코믹 트리뷴 재단(Robert R.McCormic Tribune Foundation)〉과 해군대학이 공동 주최한 학회에서 흥남철수 피난민에 대해 이렇게 말했다: "그들이 남북 내란에 가담한 사람들이라고 가정할 때, 그들은 발로써 자기편을 택한 것을 보여줬다. 그들은 총칼의 위협을 받고 집을 뛰쳐나온 사람들이 아니었다. 우리가 한국에서 올바른 일을 했다고 나는 재인식하게 되었다. 내가 그 올바른 일의 일원이었다는 것에 자부심을 느끼고 있다."

2차대전 중 주검 같은 위험 속에서 머맨스크(Murmansk)를 왕복하면서 화물수송을 했던 라뤼 선장이 그의 1등사관 디노 사바스티오(Dino Sabastio)에게 "승선을 개시하라! 1만명까지 태운 후 내게 알려줄 것!"하고 명령했다.

러니는 이렇게 회고했다:

"피난민들을 짐짝처럼 실을 수밖에 없었습니다. 화물칸과 갑판층 사이에도 틈만 있으면 그들을 태웠습니다. 음식도 물도 없고 의사도 없었고 통역관도 없었어요. 지독하게 춥고 캄캄한 화물칸 속에서 벌벌 떨고들 있었지요. 변소 시설이 있을 리가 있겠습니까? 그들은 자신들의 전 재산이나 마찬가지인 피난보따리들을 이고 지고 탔습니다. 아이가 아이를 업고 있었고, 한 아기를 등에 업고 한 아기는 젖을 먹이는 여인들, 먹을 것과 아이를 끌고 온 노인들 하며 참으로 처참한 군상이었습니다. 모두들 공포에 질린 얼굴 표정이었습니다. 우리가 '빨리! 빨리!' 하고 소리를 쳐도 그저 공손하게 아무런 반응도 없었어요. 그 '빨리! 빨리!'란 말은 영어로 '허리, 허리!(Hurry, Hurry)'와 같은 뜻인데, 우리가 배운 한국말 몇 마디 중의 하나였습니다."

20세기에 가장 유명했던 해군 장교들 중의 하나였던 알리 버크(Arleigh Burke) 제독도 당시 흥남에 있었다. 후일에 그는 이렇게 회고했다:

"나는 수심에 가득 차 있던 피난민들의 모습을 잊을 수가 없다. 그들은 배고프고 찌들고 공포에 떨면서도 단 한 가지, 생각의 자유를 위해서라면 어떤 희생도 감수하겠다는 강렬한 의지와 욕망을 가지고 있었다."

피난민들이 임시 보행 판도를 건너오며 소개 작전이 한창 진행 중이고 대부분 미군은 철수하고 흥남시는 적의 포화로 불바다가 되었을 때 미군의 보복 함포사격이 개시되었다. 5년 전 맥아더 장군이 일본의 무조건 항복문서에 조인을 했던 미조리(Missouri) 함을 포함한 미군 함정들이 함포사격에 참여했다. 미조리 함의 40밀리 함포가 메러디스 빅토리 호의 갑판을 뒤흔들었다. 라뤼 선장은 아군의 포탄이 짧게 잘못 떨어질 경우의 위험에 신경을 곤두세웠다. 고막을 찢는 미조리 함의 굉장한 포성에 겁이 난 무전통신사는 그의 선실로 들어가더니 나오지를 않았다.

그러나 그런 것에 신경을 쓸 시간이 없었다. 훗날 어느 기자가 러니에게 그때 무서워서 울지 않았느냐고 물었다. 러니는 말했다: "그런 어색한 질문을 받고 뭐라고 대답할 줄을 몰랐다."

3척의 미국 항공모함에서 발진한 미 해군 전폭기들이 네이팜 탄을 투하했다. 이 폭탄은 목표물을 파괴하고 그 주위를 다 태워버리는 신종 폭탄이었다.

러니는 그런 격렬한 전투현장 속에서도 일말(一抹)의 향수 같은 감정이 솟아났다. 그것도 전쟁의 열기를 체험해 가면서 … 어마어마한 함포사격에 참여한 함선들은 2척의 순양함 로체스터(Rochester)와 세인트 폴(St.Paul), 미조리 전함, 3척의 항공모함, 3척 내지 8척의 구축함들이었다.

흥남시의 건물과 시설에 네이팜을 투하한 전폭기들을 탑재한 항공모함 중의 하나는 바로 러니가 수년 전 해군 예비병으로서 대서양에서 복무한 레이트(Leyte) 함이었다. 하긴 메러디스 빅토리 호의 사관들의 대부분은 해군 예비역 장교들이었다. 전투가 최고조에 달했을 때, '77속전 항모군'은 공격용 항모 4척, 전함 1척, 순양함 2척, 구축함 22척을 동원하여 10군단 흥남 철수작전의 최후 국면을 마무리하고 있었다.

이와 동시에 중공군의 추격은 매 시간 가까워졌다. 열세에 처한 3군단의 방어선이 급속히 무너지고 있었다. 생사를 오락가락하며 전투 현장을 처음 경험한 부대 중에는 미국에서 제일 처음으로 한국전에 파견된 의무부대인 제1야전 후송병원(First M*A*S*H)이 있었다. 흥남시의 북쪽 외곽의 빈 학교건물 안에 군의관 16명, 간호사 13명, 의무병 87명이 지프차 한 대와 2차대전 때의 트럭 14대, 60개 병상(病床)을 가지고 야전병원을 운영했다. 거기서 군의관들은 "고기 완자 수술(meatball surgery)"(*대충 대충하는 수술──역자)을 행했다. 매쉬(MASH) 야전병원은 새로 조직된 의무부대였다. 부상병에게 일본 또는 그 외 지역의 보다 좋은 시설과 장비를 갖춘 병원까지 후송되는 동안만 살아 있도록 즉석 간이수술을 하기 위한 것이었다.

매쉬 요원들은 전진해 오는 중공군에 대항하여 흥남의 해변에서 용맹스럽게 방어선을 지키고 있는 제7, 제3 보병사단의 항전(抗戰) 현황을 지켜볼 수 있었다. 매쉬 의무부대장이었던 칼 두바이(Carl T. Dubuy) 중령은 훗날 이렇게 회고했다:

"우리는 학교병원 바로 뒷산에 올라가 포탄이 우리와 멀리 아주 조그맣게 보이는 중공군 사이에 떨어져서 터지는 것을 보았지요. 그리고 우리와 함흥 사이의 얼어붙은 들판에 중공군의 소형 말(당나귀 ──역자)들이 움직이고 있는 것도 보았습니다. 그리고 귀한 반창고를 있는 대로 다 찾아내서 교실 창문을 싹 발라서 끊임없는 포격의 충격파로 유리가 깨져 찬바람이 들어오는 것을 방지했지요."

두바이 중령은 미조리 함의 40밀리 함포의 굉음을 음악의 "남성 최하저음(Basso Profundo)"과 같다고 묘사했다. 그는 말했다: "멀리서 보니까 마치 120리터 휘발유통을 공중으로 쏘아서 폭발시키는 것처럼 보였어요. 그 발사체들이 마치 쓰레기통이 머리 위의 얼어붙은 공중을 뚫고 비호같이 지나가며 내는 소리처럼 들렸어요."

두바이는 회고하여 말했다:

"그때 우리 의무부대원 대부분은 흥남에 갇혀서 철수하지 못할 것으로 믿었어요. 끊임없는 포격, 찌푸린 하늘, 군인과 장비를 싣기 위해 북적대며 초조하게 대기하는 배들, 게다가 제1야전 후송병원은 맨 나중에 떠나야 하는 부대라는 말이 돌았고, 그런 분위기에서 우리들의 사기는 떨어질 대로 떨어졌다."

그러나 운 좋게도 그들은 떠날 수 있었다. 그들이 탄 배는 2차대전 때의 자유 함정(Liberty Ship)인 마리아 루큰바크(Maria Lukenbach)였다. 두바이의 설명에 따르면, 그 배의 시설과 상태는 메러디스 빅토리 호와 너무나 흡사했다:

"이런 타입의 화물선에는 선원 이외의 사람을 위한 선실(船室)이나 공간은 전혀 없었다. 온방(溫房)이나 목욕, 급수와 변소 시설이 전무했고, 칠흑같이 캄캄하고 위풍이 센 헛간 같은 방에는 침상도 없었다. 쇠 바닥에 침낭을 깔고 서로 붙어 누워서 체온으로 온기를 유지해야만 했다. 군용 변소는 노천갑판 고물 쪽 배 끝머리 밖으로 튀어나오게 매

달아 놓은 간이변소였다. 이런 시설들을 이용하는 것은 생존이 걸린 모험이었다. 그곳에는 일을 보는 동안 배가 흔들리더라도 안전하도록 철봉 손잡이가 달려 있었고, 궁둥이를 찬바람에 노출시켜서 용변을 봐야 했으므로, 밖에서 줄을 서서 기다리는 사람을 위해서 시간을 끌지 못하도록 되어 있었다."

러니는 동료 사관과 선원들이 피난민을 태우고 있을 때, "흥남시는 화염에 휩싸여 있었고, 우리는 거의 최전방에 있었다."고 기억하고 있다.

그들이 적군 포화의 압박 속에서 피난민들을 인간의 힘으로 가능한 한 최대한 많이 태우려고 전력투구하고 있을 때 라뤼 선장이 두 가지 주의사항을 시달했다. 즉, 배를 회전시켜 해안에서 급히 철수해야 할 경우에 대비하여 배를 열린 바다 쪽으로 향하도록 하고, 둘째, 승선 작업 중에도 배의 엔진을 계속 틀어놓으라고 명했다.

러니는 말했다: "만약 중공군과 북의 인민군이 돌파해 쳐들어 왔더라도 우리는 빠져나갈 수 있었을 것이다. 절대로 항복해서 배를 빼앗길 수는 없었다."

지독한 북한의 추위는 사태를 더욱 심각하게 만들었다. 바람은 질풍 수준으로 심하게 불었고 눈은 펑펑 내리고 있었다. 해변에 있는 부대와의 통신은 흥남에 설치된 통신장비와 케이블이 모두 타버려 두절되었다. 제

1차로 태운 피난민들은 갑판에서 다섯 층 내려간 제5선창(船艙)으로 다
내려 보냈다. 선원들은 그들을 화물 발판에 실어 내려 보냈다. 배의 해상
일지(日誌)는 피난민의 승선을 간결한 사무적 용어로 기입했다.

1950년 12월 22일(금)의 일지 난에는:

피난민 승선. 밤 9시 30분 개시, 밤새도록 진행. 다음날 오전 11시 10
분 종료:

21:30   승선 개시. 화물 발판 사용. 제5선창으로 승선.

22:00   승선 개시. 제4선창으로 평갑판과 대형 장비 사용, 사다리 이
용, 갑판 승강구 1,2,3번으로 피난민 채움.

23:15   평갑판 사용. 2,3선창으로 피난민 승선.

24:00   5개 선창을 피난민으로 계속 채움. 전등과 배선 점검. 순회점검
완료. 갑판 위 이상 무.

— 스미스(H.J.B.Smith Jr.) 3/0. 기록

메러디스 빅토리 호가 인간 화물을 만적(滿積)하고 바다로 향하려고 하
는데 지프차 한 대가 급히 부둣가로 질주해 왔다. 한 젊은 육군 소위가
지프차에서 뛰어내려 배다리로 달려와서는 함교(艦橋)에서 라뤼 선장에게
소리쳤다:

"선장님, CID(Criminal Investigation Division: 군 범죄수사대)에 방금 들
어온 정보입니다. 공산당 첩자들이 피난민으로 가장하고 배에 탔다고
합니다. 부산까지 무장 경비원을 데리고 선장님을 동반하도록 파견 임
무를 받았습니다. 17명의 남한 헌병들이 나와 같이 갑니다."

12월 22일에서 23일로 넘어가면서 바다는 잔잔해졌으나 "구름이 짙게 낀 날씨"라고 일지는 적었다. 메러디스 빅토리 호는 피난민들의 승선이 진행되는 동안 노쿠바(Norcuba) 호의 좌현(左舷) 쪽에 정박해 있었다. 투광조명등(Floodlights: 건물이나 인물 등에 여러 각도에서 강한 광선을 비추어 뚜렷이 드러나게 하는 조명법.—역자)을 비춰서 한밤중의 어둠을 뚫고 승선 작업을 도왔는데, 라뤼 선장이 나중에 회고하기를, 그렇지 않아도 위험한 상황을 그런 조명이 더욱 위태롭게 만들었다고 했다:

"분명히 여러 가지 위험이 따랐지만 작업을 위해서는 투광조명을 안 할 수도 없었지요. 우리는 불빛 속에 완전히 노출된 제일 쉬운 목표물이 되었지만, 다행히 적의 포탄이 가까이는 떨어지지 않았습니다. 오히려 아군 함포의 포탄이 빗나가 우리 배에 잘못 떨어지는 날이면 사람이고 뭐고 다 박살이 날 텐데, 하고 두려워했지만, 그런 일은 일어나지 않았습니다."

한 사관은 그 장면을 어린아이들에게 잘 알려진 놀이와 생생하게 비교하여 묘사하면서 말했다. "아주 미쳐버릴 것만 같았지요. 피난민을 다 쑤셔 넣다시피 태우는 일은 마치 서커스에서 12명도 넘는 거인들이 미니 자동차에 얼굴을 처박고 다 들어가려고 애쓰는 어릿광대 장난 같다고나 할까요."

구출작전의 전 과정을 통해 라뤼는 갑판 아래는 피난민으로 꽉 차있고 수백 톤의 제트기 연료가 배 안에 있다는 사실에 신경을 곤두세우고 있었다. 훗날 그가 따져본 연료는 자그마치 300톤이나 되었다. "자칫 불똥이

라도 튀는 날이면 내 배는 거대한 장례 화장터의 불더미로 돌변하여 역사
상 최악의 해양 참사가 될 건 뻔했습니다."

더구나 구조장비도 전혀 없었다. 피난민에게 돌아갈 구명보트나 구명
구(救命具)는 전혀 없었고, 있는 것이라고는 구명보트 2대와 47명의 사관
과 선원용 구명구 47개뿐이었다. 일단 항구를 빠져나가면 안전 경계로
인해 무전통신도 두절된 상태로 망망대해에 홀로 떠가게 되는데, 더욱 겁
나는 일은 50킬로 해역에 깔린 기뢰망 위를 지나가야 하는데 기뢰 탐지
기가 하나도 없다는 것이었다.

피난민들은 몰랐지만 메러디스 빅토리 호의 사관들은 알고 있었던 사
실이 있다. 흥남 철수 두 달 전에 미 해군의 소해선 3척이 적의 기뢰가
터져 침몰했다. 적의 잠수함도 근해에 잠복해 있을 수 있고, 임시 대용의
구조선 정도는 어뢰 한 방으로 침몰시킬 수도 있었다. 그 배는 바다나 공
중으로부터의 공격에 대항할 아무런 무기도 없었다. 일단 항진(航進)하고
나면 호위해 줄 배 한 척도 없었다.

2차대전 참전용사인 러니는 그때의 상황을, 군의 역사상 전무후무한
수륙 상륙작전을 정 반대로 하는 것과 같다고 했다.

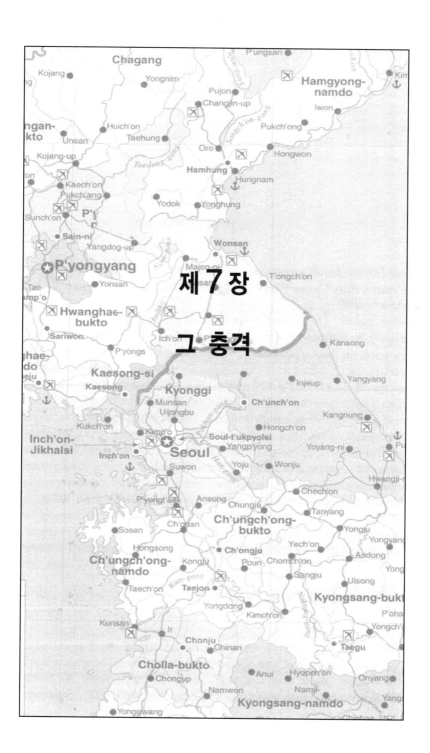

제 7 장

그 충격

헤이그 장군의 흥남철수 기억은 아직도 생생하다. 그는 2000년 4월
필자에게 말했다:

"그들은 모두 탈출했습니다. 그때 그것은 엄청나게 충격적인 일이었지
요. 우리는 흥남 해안 안에서나 밖에서나 충분한 화력을 가지고 있었
고 무한정 거기 머물러 있으면서 적을 대량으로 분쇄할 수 있는 공군
력도 가지고 있었습니다. 그러나 철수하기로 결정을 한 것입니다. 거
기엔 여러 가지 전략적으로 타당한 이유가 있었지요. 그곳에 그냥 앉
아 있을 수는 없었지요."

그리고 장군은 가장 잊을 수 없는 그의 인상을 이렇게 묘사했다. "그
때 가장 충격을 준 것은 그 피난민들이 뼛속까지 스며드는 차디찬 바닷
물 속에 허리까지 잠그고 서서 구출해 줄 사람을 기다리고 있던 그 장면
입니다."

그 젊은 육군대위는 함흥의 아몬드 장군 사령부로부터 지프차를 타고
그가 직접 책임지고 있는 장군의 통신차량, 무전기, 비밀장비 등을 가지
고 다른 한 지프차의 호위를 받으며 내려왔다. 그 모든 장비는 아몬드 장
군이 야전 10군단 사령관으로서 작전하는 데 절대 필요한 것들이었다.

헤이그의 말에 의하면, 피난민은 적국의 사람들이었지만 그들을 소개시키려는 계획은 지휘계통의 최고위층까지 거슬러 올라가 결정된 것이다. 헤이그는 회고했다:

"아몬드 장군이 동경의 맥아더 총사령부에 결정적 영향을 주었습니다. 그리고 총사령부가 워싱턴도 움직여서 피난민 소개도 철수작전에 포함시키기로 한 것입니다. 그것을 반대하는 압력도 컸습니다. 그로 인해 군의 철수가 지연되면 위험하다는 우려 때문이었지요. 그러나 멀리서 세세하게 사태를 관리하려면 현장 사람들의 의견 청취가 늘 필요하듯이, 그들이 말을 들어주었습니다! 그들에게 영원히 남을 영광을 위하여!"

미래의 사성 장군의 회상은 계속되었다:

"나는 끝까지 남아서 지켜봤습니다. 나는 아몬드 장군의 통신장비와 그의 지프차와 기타 물건을 화물선에 싣고 마지막으로 떠난 사람들 중의 하나였습니다. 전반적으로 큰 위험 없이 질서정연하게 진행된 철수였지요. 최종 결정은 맥아더 장군이나 그의 총사령부가 한 것이 틀림없습니다. 워싱턴에 그 큰 작전을 하기에 충분한 배들을 다 집결시켰다고 통보했을 겁니다. 그야말로 문제 치고는 너무나 컸습니다."

※　※　※　※　※　※

단순히 살아남는다는 것 자체가 피난민들에게는 큰 문제였다. 그해 12

월의 그 매서운 추위에 맨발로 집을 뛰쳐나온 사람들이 많았다. 더러는 홑껍데기 옷만 입고 있었고, 어떤 사람은 신문지로 몸을 감싸고 있었다.

그들은 끊임없이 쏟아져 나왔다. 멀 스미스는 말했다: "네가 거기 서서 자문해 봐라. 도대체 몇 천 명이 그 뒤에 따라오고 있단 말인가? 이 일은 과연 언제 끝날 것인가?"

12월 23일 일지에는 작업이 언제 끝날지 그 끝이 보이지 않았음이 적혀 있다.

　00:00　갑판의 승강구를 모두 열어 제치고 피난민 승선작업 계속 진행.…

　03:30　2와 5선창 승선 완료.

　　　　　　　　　　　　　　　— 프란존(A. Franzon), 3/0　　기록

　04:00-08:00　구름 덮임, 시계(視界) 양호, 전과 동일하게 1,3,4 선창을 채움.

　05:00　4선창 완료.

　07:00　1선창 완료.

　　　　　　　　　　　　— 골름베스키(A. W. Golembeski), 2/0　　기록

　11:10　피난민 승선 작업 완료. GI 등 모두 하선(下船).

　　　　　　　　　　　— 스미스(H. J. B. Smith, Jr.), 3/10　　기록

사관들과 선원들이 피난민 승선 작업을 완료했을 때 메러디스 빅토리 호에는 14,000명이 탄 것으로 집계되었다. 그 중에 17명이 부상을 당했다. 분만을 며칠 또는 몇 시간 앞둔 여자가 5명이었다. "불가능한 일이

었지만 그들은 엄연히 다 타고 말았던 것이다. 그런 공간이 도저히 없었지만 그런 공간이 생긴 것이다."라고 라뤼 선장은 훗날 술회했다. 이윽고 12월 23일 해리(海里)로 450마일 떨어진 안전한 항구 부산을 향해 출발했다.

역전(歷戰)의 육군대령 애플먼(Appleman)은 인간의 힘으로 가능한 한 최다(最多)의 피난민을 LST와 화물선인 메러디스 빅토리 호에 신속하게 수용한 역사적 사건에 대해 〈함정에서 탈출(Escaping The Trap)〉이란 제목의 책을 냈다.

책에서 그는 이렇게 말했다: "수천 명의 피난민들을 LST에 빽빽하게 태우고 무서운 추위에 열린 갑판에 노출시킨 채 3~4일간 남쪽으로 태우고 간 일을 목격했던 사람들은 그때 그 처참한 광경을 평생 잊을 수가 없습니다. 그 피난민들은 그런 육체적 고통과 형벌을 사투를 벌이며 감수해야만 했습니다."

※　※　※　※　※　※

같은 날 본국에서 대서특필한 뉴스는 지엠(GM: General Motors) 자동차회사가 4일간의 동결을 해제하고 1951년 모델 자동차 시판을 개시했다는 것이었다. 연방정부의 압력을 받아 포드(Ford) 사의 예를 따라 차 가격을 1950년 수준으로 되돌리겠다고 결정한 것이다. 이제 고객들이 쉐보레(Chevrolets), 폰티액(Pontiacs), 캐딜락(Cadillacs) 등을 다시 살 수 있게 되었다.

그날 한국 발 AP통신은 이렇게 보도했다:

"중공과 북한 공산군 연합군이 지금까지 최대의 공세를 펴서 아군의 교두보를 궁지로 몰았으나, 아군의 결정적 반격으로 적을 분쇄한 결과 북한의 동북부 지역에는 정적(靜寂)만 감돌고 있다…. 공산군의 최대 공세는 흥남 교두보 반격작전에 의해 완전히 분쇄되었다. 전투 후에 산간 지역의 전투장에 흩어져 있는 것은 흰색 민간인 옷을 입은 중공군과 인민군의 얼어붙은 시체들뿐이었다."

12월 15일 미 제1해병사단이 흥남에서 부산으로 떠나고 18일에는 남한의 1군단이 배를 타고 흥남 해변을 떠났다. 미 육군 제7보병사단은 21일에 떠났다. 미 제3보병사단은 "봉쇄 작전(blocking action)" 전투를 끝낸 그 다음날 흥남에 도착했다. 이것은 먼저 해병대가 제3 보병사단의 흥남 진입을 성공시켰기 때문이다. 12월 5일 작전 중 3사단의 임무는 해병대가 흥남 해변으로 후퇴하는 동안 그 후미를 보호하는 것이었다. 12월 22일 해병대가 배로 떠난 뒤에야 3사단은 흥남 해변으로 올 수 있었다. 그리하여 3사단은 연합군 중에서 해변의 방어선을 맨 마지막으로 지키고 흥남을 맨 마지막으로 떠난 전투부대가 되었다.

그때 33세의 리오 마이어(Leo Meyer)는 미 3사단에 복무하고 있었다. 2000년 5월 그의 회고에 따르면, 12월 22일 3사단이 철수할 때 흥남 해변에서의 전투가 치열할 수도 있었는데, 실은 3사단이 크리스마스이브에 출항할 때까지 적과의 "교전이 별로 없었다"고 했다. 그는 말하기를,

"내 생각에는 중공군 지휘부가 우리의 의도를 알아차렸던 것 같습니다. 그들의 목표는 우리를 북한 땅에서 축출하는 것인데, 우리가 자발적으로 나가겠다는데 왜 우리를 추격하느라 자기네 병사들을 죽이느냐? 그거였어요. 22일 이후 그들이 추격을 멈춘 게 그 이유라고 생각합니다." 라고 했다.

22일 그가 속한 부대가 도착하여 크리스마스이브에 출항할 때까지 흥남 해변의 상황을 자세히 설명한 편지에는, 미군들 사이에 참으로 특이한 경쟁이 벌어졌다는 마이어의 흥미로운 관찰이 적혀 있다:

"적군과의 최후 결전의 표시로서 미군부대 중 어느 부대가 마지막 철수의 영예를 차지하느냐 하는 것이 문제였다. 누구나 '후미(後尾)를 지킨 찰리 깡다구(rear-end Charlie)'(미군 속어─후퇴 때 맨 마지막까지 남아서 전우를 보호한 용사. 즉 전군(殿軍). ─ 역자)의 영예를 차지하고 싶었다. 그런 이유로 사단으로부터 각 보병연대가 동시에 철수하라는 명령이 하달되었다. 각 연대는 같은 규모의 부대를 동시에 배로 보냈다. 즉, 대대별, 중대별, 소대별로 같은 규모의 부대를 동시에 보냈다. 그리하여 각 연대는 1개 소대씩만 해변에 남겨둔 후 그들이 맨 마지막으로 각 소속 연대로 동시에 찾아가도록 했다. 따라서 그 어느 연대도 자기들이 마지막으로 떠났다는 주장을 못하게 만들었다."

피난민을 태운 메러디스 빅토리 호와 다른 배들이 바다로 떠나간 후에도 3사단은 그들이 "찰리 용사 방어선(Line Charlie)"을 지킴으로써 10만

명을 구출한 그 극적인 역사적 사건에 참여한 사실을 모르고 있었다. 마이어는 회고하기를, "우리가 북한 피난민을 구출한 사실을 전혀 모르고 있었지요. 피난민이 하나도 눈에 띄지 않았어요. 우리만 살아남은 줄 알았습니다."

그의 기억에 남은 것은 좋았던 조건들 ― 해변을 떠날 수 있었던 것, 그리고 배를 탄 후 호강한 일 ― 과 샤워, 새 군복, 무엇보다도 푸짐한 크리스마스 음식 등이었다.

그가 구출된 후 마이어의 첫 반응은 자기 아버지를 새로 존경하게 되었다는 것이었다:

"우리는 12월 24일 오전 11시 30분에 궁둥이까지 잠기는 출렁이는 조류 속에 뛰어들어 배에 탔어요. 파카, 배낭, 카빈, 권총 등 물에 흠뻑 젖은 기억만 나요. 그때 아버지가 얼마나 현명하셨는지 생각나더군요. 나보고 육군에는 가지 마라, 해군에 지원하라고 충고하셨거든요."

마이어는 너무나 좋아서 말했다:

"아…, 그리고 나는 너무 좋아서 놀라 자빠질 뻔했습니다. 우리가 침상(bunk)으로 가는데 식사준비 대를 통과하다가 놀랐어요. 크리스마스 이브 디너 테이블이 가지런히 차려져 있더라고요. 식탁보, 사기접시와 해군용 접시 등이 등장하고…. 무엇보다도 제일 기억에 남는 것은, 아… 그 셀러리와 홍당무와 올리브를 섞은 샐러드 접시였어요! 11월 17일 이후 깡통만 따먹다가 이게 웬 떡이냐였지요."

그의 기억은 계속되었다:

"내 침대로 가서 배낭과 무기를 내려놓고 배 안의 매점으로 향했습니다. 티셔츠와 속 팬츠(이해할 만하다) 2벌씩만 살 수 있었습니다. 샤워장으로 가서 볼일을 보고 일어나서는 그냥 걸어서 돌아다니는 거예요. 내의를 11월 17일 입고 24일 크리스마스이브에나 벗었습니다. 땀 같은 것은 전혀 문제가 되지도 않았어요. 우리는 모두 같은 배를 타고 있었는데, 그토록 추운 기온에서는 몸에서 나는 냄새를 아무도 맡을 수가 없었습니다."

그는 안전한 곳을 찾아 한국 남단으로 해상 여행을 한 셈이라고 하였다: "3일간의 그 여행은 우리에게는 호화판이었습니다."
2차대전 중에는 태평양 전투에 참전했고 월남전 때는 특전단의 멤버로 3번이나 복무한 마이어는 말했다: "부산 가는 배 속에서 나는 ― 누구나 다 썼지요 ― 매일 집으로 편지를 썼습니다. 신문에서 보도한 말들은 다 흘려버리라고 썼어요. 나는 오케이니까."

※   ※   ※   ※   ※   ※

2차대전, 한국전, 월남전을 통틀어 훈장을 가장 많이 받은 군인 중 한 사람은 흥남에서의 3사단에 속했던 존 미들마스(John Middlemas) 준위였다. 지금은 제대했지만 그때 그는 '충원이 부족했던 중대 ― A중대 소속이었다. A중대는 매우 위험한 임무를 띠고 있었다. 적정(敵情)을 살펴서 사전 경보를 할 수 있는 전방 위치에서 적의 침투방지 전투를 수행해야 하는 임무였다. A중대는 중공군 개입 후 2개월간의 혈투 끝에 흥남에 설치한 방어선 약 1000미터 전방에 포진하고 있었다. 이 부대는 미군 67명과 200명의 한국군(ROKs)으로 편성되어 있었다.

미들마스 준위는, 한국군은 장정들을 거리에서 마구 잡아 급속히 충원시킨 군대라고 했다:

"모병관들이 읍내로 들어가서 아무 청년이나 잡아 왔습니다. 이 새파란 신병들의 머리를 박박 깎고 군복을 지급하고 최소한 훈련을 시킨 다음 곧바로 전선으로 내보냈습니다. 한 사람은 아내의 약을 지으려고 시내에 나갔다가 붙잡혀 갔습니다. 그 부인은 남편을 1년간 보지 못했다고 합니다."

10월 중순부터 11월 중순까지 A중대는 처음으로 중공군과 혈전을 벌였고, 흥남까지 후퇴하는 과정에 큰 타격을 입었다. 12월 22일 흥남 주위의 방어선까지 오는 동안에 177명의 사상자를 내서 병력이 90명으로 줄었다.

전공(戰功)으로 5개의 은성훈장, 불란서 십자훈장, 청동무공십자훈장, 2개의 동성훈장, 3년 동안에 명예 상이기장(傷痍旗章)을 수여받은 미들마스는 A중대의 최대 도전은 미 공군 조종사들이 말해준 흥남 외곽의 방어선 뒤 큰 산림지역에 1만여 명의 몽고 기마병이 포진하고 있다는 정보였다.

미들마스 준위는 정확한 숫자는 모를지라도 좌우간 중공군의 대병력임은 틀림없다고 했다. 다행히도 그들과 교전은 피했고, 가장 심했던 전

투는 3사단이 철수하기 바로 전날인 12월 23일 야간에 A중대 척후병과
붙은 소규모 교전이었다.

A중대의 대부분의 교전은 북의 인민군이 미군 전초선을 찔러볼 때,
즉 적의 척후병들이 아군의 전초지를 침투하려고 할 때 일어났다. 우리
의 전초기지 수비병이 없었더라면 그들이 찔러보다가 저항이 없자 그때
에는 그들의 주력부대로 우리에게 쳐들어왔을 것이다. 이따금씩 그들이
박격포로 공격했지만 주로 밤에 더욱 맹렬히 쏘아댔다.

미들마스는 기억을 더듬으며 말했다:

"적들이 얼마나 우리와 근접해 있는지 알 수는 없었지만, 우리 A중대
주력부대가 왜 현재의 위치를 수호하고 있는지 그 이유는 명확히 알고
있었습니다. 전투의 주력부대가 이미 철수한 이상, 제 3보병사단의 임
무는 공포에 질린 피난민들이 항구에서 대기 중인 미국 함선을 타려고
밀치고 뛰면서 몰려들 때 그들을 보호하는 것이었습니다. 3사단이 다
철수할 때쯤엔 피난민들은 이미 다 떠나고 난 다음이었습니다. 우리들
이 해야 할 남은 일은 폭파작업이었습니다."

필자는 다른 사람들에게 물었던 것과 똑같은 질문을 미들마스에게 했
다: "해변을 방어하여 피난민의 승선을 돕고 있는 군인들을 보호하기 위
해 자신들을 적의 포화에 노출시키기를 반대한 군인들이 있었습니까?
더욱이 그 피난민들이 적국의 시민이었음에도 불구하고?"

그의 대답은 헤이그 장군의 대답이나 그 외의 인터뷰를 했던 사람들의
말과 동일했으며, 마찬가지로 단호했다:

"우리는 그들에게 악의를 가져본 적이 없습니다. 우리는 잘 단련된 군인들이었습니다. 우리는 반기를 드는 그런 군인들이 아니었습니다. 명령을 받으면 그대로 수행했지요. 명령이 하달될 때 '좀 회의를 열어 따져봅시다.' 그러지를 않았습니다. 그럴 시간 여유도 없었고요. 명령이 떨어지면 '예!' 하고 복창했을 뿐입니다. 서서 머뭇거리며 생각할 틈이 어디 있습니까. 고지 위로 돌격할 때 이 길로 갈까 저 길로 갈까 생각할 틈이 어디 있습니까? 그 개자식들이 총을 마구 쏘아대는데…. 우리는 그때 사이곤(Saigon)에서보다는 훨씬 잘 싸웠습니다."

미들마스는, 중공군은 미군이 철수하기 전 마지막 며칠간은 그들의 공세를 늦추었던 것으로 추정한다. 3사단의 방어가 너무나 철벽같았기 때문이다. 그는 말했다: "우리의 방어선에 허점이 있었더라면 그들이 더 세게 나왔을 것으로 생각됩니다. 우리의 철수작전 마지막 며칠간 그들이 쳐들어오는 것을 누그러뜨린 것은 자기들의 주목표를 달성했다'는 것, 즉 '북한에서의 미군 퇴출'이 이루어졌다, 그것이지요."

흥남 철수에 관한 미들마스의 기억은 흥남 해변 전투를 상세히 묘사할 정도로 아주 명료했다. 그들이 견뎌낸 고통에 대한 이야기도 리오 마이어(Leo Meyer)의 이야기를 확인시킬 정도로 같았다. "우리가 배에 올라 처음 샤워를 할 때 우리의 손과 얼굴은 새까맣게 더러워져 있었는데, 우리 몸은 아주 새하얀 색깔이었어요. 한달 간 옷을 벗어 본 적이 없거든요. 아직도 양말이나 속 팬츠를 갈아 입을 때면 그때 생각이 납니다."

흥남 철수 후 4개월 될 때 중공군의 맹렬한 춘계(春季) 공세에 맞서 전투를 하다가 미들마스는 부상을 당했다. 곧 그의 무용이 인정되어 전장 현지임관(戰場現地任官)으로 육군중위로 진급했다. 그는 군에 더 복무하다가 소령으로 제대했다.

수년 전 그의 17세 난 외손녀가 미들마스의 한국전 참전 경험에 대해 물었다: "외할아버지, 사람 죽인 일 있으세요?"

외할아버지가 대답했다: "내가 받은 무공훈장만도 10개가 되는데… 아마 그랬을 거야."

외손녀가 말했다: "그거 너무 끔찍하지 않아요? 외할아버지가 차마 어떻게 그런 일을?"

외할아버지는 할 말이 있었다: "그래? 가만 있자… 너의 엄마의 아버지가 죽었다면 그게 더 좋았겠니?"

여학생 손녀가 짓궂게 물었다: "외할아버지가 그런 일을 꼭 하지 않았어도 되지 않았나요? 그렇지요?"

외할아버지가 말했다: "음, 내가 그럴 수도 있었지. 그런데 말이야, 상대방 그놈이 나를 봐주기 위해 내게 온정을 갖고 있지 않았다는 게 문제였지."

※　※　※　※　※　※

아몬드 중장 휘하의 10군단과 유윈(E.C.Ewin) 해군소장 휘하의 77해군 기동함대의 영웅적인 활약으로 인류 사상 위대하고 찬란한 페이지인 흥남 철수작전은 완전히 끝이 났다.

글렌 코와트(Glenn C. Cowart)가 1992년에 쓴 그의 저서 〈한국에서의 기적(Miracle in Korea)〉에는 이런 기술이 있다:

"살을 에는 듯한 추위, 바람이 휘몰아치는 능선, 굶으며, 잠도 못 자며, 무엇보다도 죽거나 포로가 될 끊임없는 위협의 고통을 극복한 사람들에게 흥남철수는 그야말로 최절정의 거대한 기적이었다."

당시 철수한 인원과 장비의 규모가 그 작전의 거대함을 증명하고 있다.

105,000명의 UN군,

98,100명의 북한 민간인,

17,500대의 차량

350,000톤의 화물

매튜 릿지웨이(Matthew B.Ridgeway) 장군이 흥남의 미 8군사령관으로 새로 부임해 왔다. 그는 4개월 뒤 맥아더장군(트루먼에 의해 해임됨) 후임으로 UN군 총사령관이 되었다가, 후일에 육군참모총장으로 승진했다. 그는 〈한국전쟁(The Korean War)〉이란 자신의 회고록에서 말했다: "105,000명의 군인, 91,000명의 피난민(98,100명이란 집계가 더 유력하다), 17,000대의 차량과 수십만 톤의 화물을 빼내 갔다는 그 사실 자체가 엄청난 규모의 군 작전상의 대승리였다."

철수작전이 완결되자 미 제10공병대대와 해군 폭파대는 쾌속 수송선 베고(Begor)의 지원을 받아 공산군들이 사용하지 못하도록 해변에 남기고 온 모든 군 장비와 물자를 폭파하려고 부두로 들어왔다. 굉장한 폭파의 충격파는 큰 파고를 일게 하여 여러 배가 뒤집혀지게 했다. 흥남부두가 납작해지도록 모두 폭파해 버렸다.

미조리(Missouri) 호가 거대한 40밀리 함포로 162발의 함포를 쏘아 폭파를 지원하는 한편, 400톤의 다이너마이트, 1천 파운드짜리 폭탄 500개와 200개의 휘발유 드럼통을 다 태워버렸다. 어마어마한 미군의 화력에도 불구하고 모조리 폭파하기란 어려웠다. 결국 해군 구축함들이 해안에 접근하여 군 장비와 탄약더미에 함포를 쏴서 폭파했다.

부두 폭파작전 동안 제 3사단 소속의 군인들은 46,000발 이상의 탄알을 쏘아댔고, 해군은 또 해군대로 12,000발 이상의 함포를 해변에 쏘아댔다.

이제 흥남부두에 있던 UN군과 피난민만 사라진 것이 아니고 해변 자체도 사라져버렸다.

※　※　※　※　※　※

제3 보병사단의 보고서는 100,000명의 군인들을 배에 태우는 일이 98,100명의 피난민을 태우는 작업과 겹쳐서 매우 복잡했다고 썼다:

"피난민들은 공산군을 피해 탈출하기 위해 발버둥을 치면서 부두와 하역장으로 몰려들었다. 피난 보따리를 등에 메고 바다만 쳐다보며 서 있는 수천수만의 피난민들, 부모의 손을 놓칠세라 꽉 잡고 있는 아이

들, 굶주림과 공포와 절망으로 모두의 얼굴이 일그러져 있었다. 민간
구조대도 그들의 고통을 덜어주려고 최선을 다 했지만, 그들을 처절한
운명으로부터 구하는 유일한 길은 그들이 태어났지만 '악마의 땅'으로
변한 그곳에서 구출하는 일이었다. 도와달라는 그들의 애걸을 외면할
수가 없었다."

홍남 해변을 끝까지 방어한 3사단 용사들의 무용담이 다른 부대의 영
웅적 전과 보고에 의해 상당히 가려진 점이 있었다.

육군 보고서는 군인들이 전쟁터에서 하룻밤 사이에 급성장해 간 과정
을 묘사했다. 소년티를 벗고 성인으로, 새파란 신병에서 전투에 익숙한
강인한 군인으로, 심한 단련을 통해 철없는 아이가 청년으로 급성장하여
1차 2차 세계대전의 노장들과 같은 반열에 오른 것에 큰 자부심을 갖게
되었다고 적었다:

"그들이 본국의 가정생활을 떠나온 지 불과 몇 주밖에 안 되었지만 수
십 년이 지난 것 같이 느껴졌다. 그들 대부분이 신병이었으나 이제는
노병 같이 느껴졌다. 전투경험을 쌓아 앞으로 더 싸우라면 더 싸울 수
도 있다. 그때엔 전투가 생소할 리도 없고 어떻게 싸울 줄도 안다. 이
제 그들 중에서 영웅도 태어난 반면, 예비군 소집령에 응할 수 없는
전몰용사도 있다.

배 갑판을 가득 메운 수많은 군인들 중에는 일본 뱁푸(Beppu)에서
3사단에 합류한 한국 군인들도 있었다. 그들 역시 GI들과 같은 레이션
(rations)을 타먹고, 같은 위험에 처했으며, 작은 위안거리도 같이 나누

었다. 그들도 쓰러진 전우들을 묻었으며, 그들에게도 영웅이 있었다.…그들은 모두 안치오(Anzio), 마르느(Marne), 지그프리드 전선(Siegfried Line)에서의 영웅들의 후배들이었다.(*마르느는 1차대전 격전지. 안치오와 지그프리드 전선은 2차대전 격전지. — 역자.)

선참자들의 자리는 모두 잘 채워졌고, 이들은 그들 자신이 하였던 영웅적인 행위들로 기억될 것이다."

라뤼 선장은 그의 비교적 크지 않은 화물선으로 14,000명의 피난민을 우겨 집어넣는 작업을 직접 보면서도 자기 눈을 의심할 정도로 믿기지가 않았다. 그는 말했다: "어떻게 했는지, 무슨 수를 썼는지, 8천 톤의 강철이 늘어났는지, 올라온 사람들을 다 태웠다."

러니의 기억에 의하면, 피난민들을 직접 차곡차곡 쟁여 태우는 작업을 했던 사람을 제외한 대부분의 사관들은 한국인들이 무슨 일을 했는지 전혀 알지 못했다.

우선 그들과 말이 안 통했다. 그들은 조용하니 말도 없이 모든 것을 체념한 사람들 같았다. 그들 대부분은 가난한 농사꾼으로서 보다 낳은 세상으로 가기를 원했지만 더 이상 자세히는 알 길이 없었다. 단지 자기들을 잡아 죽이려는 중공군을 피해 도망치려고 지금 **빼곡하게** 뱃속에 들어차 있지만, 실은 그들 자신의 나라의 공산 독재정권의 학정(虐政)에 신물이 나서 도망친 것이다.

메러디스 빅토리 호의 사관들이 가장 심각하게 생각한 문제가 하나 있었다. 가족은 가족끼리 같이 있게 하는 것이었다. 그런데 피난민을 태울 때 무조건 남녀를 분리한 것이 문제였다. 뒤늦게 깨달은 것은 그들이 가족들을 갈라놓았다는 것이었다. 이토록 복잡한 아수라장에서 서로 찾지 못해 가족을 영 갈라 놓을 수도 있을 것이다. 지금부터 가족이 같이 있게 한들 처음 분리 수용할 때 갈라진 가족은 그대로 갈라져 있을 것이다. 갈라진 가족이 얼마나 되는지도 알 길이 없었다.

부산에 도착하여 하선하게 될 때 상층 갑판선창 사람부터 내리게 될 것이다. 제일 먼저 탄 맨 밑바닥 선창 사람들은 맨 나중에 갑판으로 걸어 올라와 하선할 것이다. 몇 시간 걸려 14,000명의 피난민들이 다 내리고 난 뒤 서로 찾지 못한다면 가족이 영영 헤어질 수도 있는 것 아닌가? 멀 스미스는 오늘날까지 그때 전쟁의 기구한 운명으로 서로 떨어지게 된 가족들이 몇이나 되는지 아무도 모른다고 했다.

항해 중 라뤼 선장은 침착한 지도력을 발휘했다. 1등사관 러니는 말했다:

"그는 명석하고 총명한 사람이었습니다. 그런 두뇌로 무엇이 옳고 그른가를 가려 올바른 선택을 할 줄 아는 사람이었습니다. 여러 가지 질문과 문제도 그를 얽어매지 못했습니다. 만약 그가 그의 배와 사관과 선원들 그리고 14,000명의 피난민들을 잃어버린다고 해도 그는 자신이 결정한 구출작전은 바른 선택이었다고 믿는 사람이었습니다."

라뤼의 사관들은 그의 지도력과 결정에 대해 이의를 제기한 적이 없었다. 러니는 말했다:

"우리는 전쟁의 찬반(贊反)이나, 우리가 왜 여기 와 있는지 따지지 않았습니다. 우리는 그저 우리가 해야 할 일을 하고 있었을 뿐입니다. 우리는 한 주권국가인 남한을 구출하려고 왔다고 믿었습니다. 그리고 그때 전 세계가 크게 우려하던 공산주의 침략전쟁에 대해 미국이 국익을 보호하기 위해 결전의 태세로 참전한 것입니다. 우리는 정당한 일을 한다고 믿었습니다."

헤이그 장군도 같은 생각을 했다. 내가 피난민의 철수작전이 그런 위험을 무릅쓰고라도 감행할 가치가 있었느냐고 물었을 때, 그는 한 치의 주저함도 없이 강한 어조로 그렇다고 대답했다:

"나는 피난민 철수가 현명한 결정이었다는 것에 대해 한 치의 의심도 품어본 적이 없습니다. 그 일은 전례를 찾기 힘든 상당히 중요한, 인간의 생명을 다루는 문제라고 느꼈습니다. 그 불쌍한 사람들, 젠장, 우리가 어떤 신념을 가진 사람이라면 무조건 구출했어야지요. 내게는 하나도 문제 될 것이 없었어요. 나는 구출해야 된다고 강력히 주창(主唱)했습니다. 내가 최후의 결정권자는 아니었지만 나는 몇 번 진언(進言)을 했습니다."

러니는 작전의 위험부담에 대해 이렇게 말했다:

"나는 구출작전을 성공시키기 위해 필요한 조치를 다 취했다고 자신했습니다. 우리가 실패하리라곤 생각지도 않았습니다. 우리의 선장님, 1등기관사, 1등 선원, 1등기사(技士), 선임사관들 모두 2차대전 참전용사들이었지요. 중공군은 인해전술을 폈지만 우리가 제해(制海), 제공권(制空權)을 확보하고 있었습니다. 우리는 무사히 탈출할 것이라고 확신하면서 전혀 걱정을 하지 않았습니다.”

스미스도 같은 생각이었다: “2차대전 승전국으로서 우리는 무적(無敵)의 군대라고 믿었지요.”

러니와 스미스는 자신감에 차서, 만약 자신들이 적에게 잡히더라도 별로 걱정할 게 없었다고 큰소리쳤다. 배에는 웡윈(Wong Win)이라는 중국인 요리사가 있었는데, 그에게 농담조로 말하기도 했다: “우리는 문제없다고. 잡혀도 그들이 우리를 신사와 사관처럼 대우해 줄 텐데.…당신만 빼놓고 말이야.”

선장은 물론 전 사관과 선원들은 그런 극한 상황 속에서도 피난민들이 처신하는 것에 강한 인상을 받았다. 러니는 물론이고 다들 감동을 받았다.

14,000명의 생명을 구하여 배에 태웠지만, 그들은 모두 미국이 할 일이 더 있다고 생각했다. 멀 스미스는 말했다. “우리는 모두 우리가 공산당놈들을 만주(북한 땅에 붙어 있는 중국 영토)까지 몰아내야 한다고 생각했어요.”

그들은 맥아더가 중국까지의 확전을 고집했을 때 그를 지지하였는가? 스미스는 대답했다: “나는 맥아더가 만주로 쳐들어가려고 했을 때 그가 옳았다고 생각했지요. 그런데 그런 주장을 막후에서 비밀히 했어야지요. 결국 트루먼 대통령을 거역한 것은 잘못입니다. 군통수권자의 명령인데 따라야지요.”

그때 본국에서나 전 세계적으로 널리 공론화된 중요한 문제, 즉 한국

제 7 장 그 충격 ▌139

전쟁이 3차대전으로 확대되지 않을까 하는 공포에 대하여, 러니는 그 가능성을 일축했다. 그리고는 "내가 한국을 떠나기 전에 집에 전화를 걸었지요. 부모님의 가장 큰 관심사는 내가 코넬 법대의 가을학기를 놓쳐서는 안 될 텐데, 하는 것이었습니다. 그때에는 우리 모두 군대생활 잠시하고 돌아올 것이라고 생각했지요."라고 했다.

그들이 그렇게 생각한 데에는 이유가 있었다. 러니는 말했다. "우리가 누굽니까. 2차대전에서 승리한 미국입니다. 북한쯤이야 식은 죽 먹기였지요. 우리가 전쟁에 이기거나 성공할 것에 대해서는 아무도 관심이 없었어요. 전쟁에 대한 국민들의 지지 여부에는 관심이 없었습니다. 처음에는 반대여론도 없었고요."

※　※　※　※　※　※

정상적인 항해일 경우 사관들은 "담화실(saloon)"에서 체스를 두며 시간을 보내는 것이 보통이었는데, 이번에는 비번(非番)일 때 시간을 보내는 것이 문제가 되지 않았다. 4시간 감시근무를 하고 8시간 휴무에 들어가기 때문이었다. 감시근무 사이사이에는 군대 속어로 대개 "색 타임(sack time)"(*잠자는 시간—역자)을 취했다. 그들의 숙사(宿舍)는 배 앞머리 중앙의 사령탑 안에 자리 잡았는데, 그들이 숙사를 출입하기 위해서는 매번 피난민들을 밀어서 그들과 벌어지도록 해야만 했다. 근무실로 들어가는 유일한 길은 항해사들이 배의 진로와 속력을 조정해 가며 항진하면서 어떤 위험 요소라도 포착하려고 망을 보는 함교(艦橋)만을 통해서 갈 수 있었는데, 함교의 사관들이 갑판으로 나가야 할 경우에는 피난민들 사이를 뚫고 지나가야만 했다.

멀 스미스가 협소한 자기 방에 들어와 있을 때, 누가 현창(舷窓)을 두드리는 소리를 들었다. 계속 두드리는 소리가 들리자 그는, "그 창을 열었어요. 그러자 손과 팔이 불쑥 튀어 나오는 거예요. 기겁을 했습니다. 마치 그 팔과 손이 국수다발처럼 현창에 축 늘어져·있더라고요. 목이 말라 애타게 물을 달라는 손이었어요. 그에게 물을 줬지만 그들의 갈증을 다 면해줄 수는 없었지요. 동료 사관이 와서 도와주어서야 그 현창을 닫을 수가 있었습니다."

그런 실수를 더 할 수는 없어서 스미스는 자기 동료 상급 사관의 도움을 받아 그 현창의 쇠빗장을 잠궈 버렸다고 했다. "나는 다시 어떤 피난민이 내 방속을 들여다보도록 할 수는 없었어요. 놀래기도 했고요. 그렇지만 어떻게 그들이 사흘간의 긴 항해를 물 한 방울 못 마시고 견뎠는지 지금도 이해가 안 됩니다."

피난민들의 처절한 상황은 한두 가지가 아니었다. 그것에 대해 애슐리 홀시(Ashley Halsey Jr.)는 그 다음 해 〈새터데이 이브닝 포스트(Saturday Evening Post)〉지에 그들의 절망적인 상황을 묘사했다. "사망자가 속출할 수 있는 상황이었다. 공포, 추위, 탈진, 신체가 마비되어 쓰러지는 사람,

갑작스런 전염병, 그 사흘간의 지옥 같은 항해 중 무슨 불상사든지 벌어
질 수 있었다.

한 헐벗고 굶주린 사람은 배의 취사실 옆에 서 있다가 삶은 계란 한
개를 손에 쥘 수가 있었다. 다른 사람에게 빼앗길 수 없어 껍질을 깔 새
도 없이 통째로 꿀꺽 삼켜버렸다. 다른 사람들도 마찬가지였다. 그것을
딱하게 본 선원이 오렌지를 주자 그것을 껍질째 통째로 삼켜버렸다.

북한 사람들은 육체적 고통뿐만 아니라 정신적 고통도 참아내야만 했
다. 러니의 말을 들어보자. "그들의 얼굴에서 겁을 집어먹은 표정은 별
로 띠지 않았습니다. 화물칸 내에 변소라고는 전혀 없었고, 그 악취란 참
을 수가 없었지요. 나중에 일본에 가서 배 전체를 닦아내야 했습니다. 시
애틀로 돌아와서 정박을 했는데, 부두의 인부들이 구린내를 참을 수가
없었습니다. 한 달 후에도 그 냄새는 여전히 지독했습니다."

※ ※ ※ ※ ※ ※

메러디스 빅토리 호를 탄 피난민들 중에 29살 난 이금순(영세명 막달레
나)과 그녀의 세 자녀들 — 여덟 살 먹은 강순화(마리아), 여섯 살짜리 강
순일(안드레) 과 8개월 된 안톤이라고 영세명을 지은 아기가 있었다.

이들 가족은 반시간 거리의 함흥에서 트럭을 타고 흥남으로 왔다. 필
자는 그때의 아기가 자라서 서울에서 베네딕트 수도사가 된 강안톤 신부

에게 부탁해서 이제 79세 된 그의 어머니가 죽음에서 탈출한 그때의 일
을 회상하도록 했다. 노인이 된 어머니가 아들 신부에게 한 이야기는 이
렇다:

"공산당들은 우리 천주교인들을 특히 심하게 박해했단다. 천주교인들
이 공산정권을 반대하고 그들의 인민에 대한 탄압에 반항하고 있었거
든. 1945년 해방 이후 이북에서 살기가 너무 힘들었지. 특히 천주교인
으로서는 더욱 힘들었단다."

베네딕트 피정(避靜) 센터의 원장인 안톤 신부는 어머니에게서 이야기
를 듣고 이렇게 말했다. "그들은 공포에 떨면서 살았던 것 같습니다. 흥
남 가는 길이 피난민들로 메워진 것은 그 때문이었습니다. 아버지는 북
한정부의 공무원이었는데 천주교인이란 이유로 항상 감시를 받아오다가
한국전쟁이 벌어지기 바로 전에 비공개 궐석재판에서 총살형 언도를 받
았어요. 그 사실을 아버님의 친구가 귀띔을 해줘서 사변 전 산속으로
3~4개월 피신하셨다가 결국 남하하셨지요."

강 신부의 모친이 기억을 되살려 자기 집은 폭격을 맞아서 흥남으로 올
때 물건을 하나도 꺼내오지 못했다고 말했다. 안톤 신부는 이어서 말했다:

"메러디스 빅토리 호의 바닥 선창에 콩나물시루처럼 빼곡이 들어 앉았
을 때, 어머님은 너무 겁에 질려 있었기에 그때 정확히 어떤 지경에
처해 있었는지 기억이 잘 안 난다고 하셔요. 뱃속에서 시달리면서도
어머님은 딸과 아들을 안고 앞날이 어떻게 될지 몰라서 이별한 가족과
친척들을 생각하며 천주님께 밤낮 열심히 기도만 했답니다."

※　※　※　※　※　※

홍남을 떠나고 얼마 안 되었을 때 라뤼 선장은 러니로부터 피난민들이 제트기 연료 드럼통 주위에서 체온을 덥히고 있거나 음식을 하려고 불을 때고 있다는 보고를 듣고 대경실색(大驚失色)했다. 러니가 급히 조사를 해보니 어떤 이들은 아예 드럼통 위에다 불을 지피고 있었다. 자칫하면 폭발하여 배고 사람이고 다 터지고 불에 타 죽을 판이었다. 역사적인 생명구출을 하려다가 역사상 가장 끔찍한 해상 재난사고로 이어져 14,000명의 생명을 앗아갈 찰나였다.

러니는 피난민들과 언어가 서로 소통이 안 돼서 온몸으로 의사를 전달하며 "절대 안 돼요!" 하고 절규에 가까운 소리를 내면서 "안 돼요! 절대! 안 돼! 안 돼!" 하고 소리를 지를 때 동료 사관들이 재빨리 불을 껐다. 그 후로 피난민들이 알아차리고 그런 위험한 일은 하지 않았다.

항해 중에 전시 때마다 생겨나는 악성 소문이 자주 나돌았다. 메러디스 빅토리 호가 공해상으로 멀리 나가 원자폭탄을 터뜨려 피난민들을 모두 죽일 거라는 소문도 돌았다. 그 미 육군소위가 홍남항을 떠나기 전 뛰어와서 경고한 것처럼, 북한 첩자들이 그런 웃지 못할 괴이한 말을 퍼뜨리지 않았나 의심했다.

다른 소문은, 이미 배 한구석에 피난민 상당수가 죽어 있다는 것이었으며, 보다 신빙성 있게 들린 소문은 미국인들이 육지에서 멀리 나가 피난민들을 모두 바다로 던져 죽일 것이라는 소문이었다.

멀 스미스는 말했다: "그 불쌍한 피난민들은 세상이 다 끝장났다고 생

각하는 것 같았다.”

17명의 한국군 헌병들은 메스 룸(mess room) (*병영 또는 선내의 식당
— 역자)에서 식사를 했다. 이틀 후 취사반장은 헌병은 17명인데 18명
분 식사가 나간 것을 발견하고 조사를 했다. 아니나 다를까, 인민군 스파
이 한 놈이 헌병 복장을 하고 밥을 먹은 것이 발각됐다. 옷을 벗겨보니
틀림없는 첩자였다. 그놈을 결박하여 항해가 끝날 때까지 감금했다.

선내에서 폭동이 일어나지 않을까 밤낮 없이 우려했다. 북한 청년 몇
명은 메러디스 빅토리 호가 자기들을 부산으로 데려가지 않을 거라는 공
포심에서 피난민들에게는 출입이 금지된 선원실로 뛰어들었다. 배가 부
산에 도착하기 전 몇 시간 앞두고 일어났던 아주 위험한 고비였다. 사관
들과 한국 헌병들이 몇 시간 후면 부산에 안전하게 도착할 것이라고 달
래서 겨우 진정시켰다.

훗날 라뤼 선장은 그때 생각만 하면 자다가도 흠칫 놀란다고 했다:
“그때 만약 빈틈없이 꽉 들어찬 14,000명의 피난민들이 공포에 질려
난동이라도 부렸다면 어떻게 되었겠습니까? 배 전체가 흔적도 없이
사라졌을 겁니다.… 그런 거대한 군중이 위협적으로 웅성거리는 소리
를 들으면 우리 모두 얼굴이 창백해졌지요. 다행히도 폭동은 일어나지
않았습니다. 말은 안 통했지만 좌우간 사관과 선원들은 이제 몇 시간
만 가면 부산에 닿는다고 공포에 떨며 분노해 있는 그들을 이해시켰습
니다.”

▲ 한국전쟁은 UN의 22개국 다국적 연합군이 싸운 최초의 전쟁이었다.
부상당한 캐나다군 병사가 전우의 부축을 받고 있다.

▲ 흥남부두에 정박해 있는 화물선 메러디스 빅토리 호. 배경에는 대공포대 사수들이 경계 태세를 취하고 있다.

▲ 트루만 대통령이 미군의 흑백 통합을 명령한 2년 뒤 흑인 병사들이
한국전쟁에서 처음으로 GI와 나란히 싸우고 있다.

▲ 전쟁에 휘말린 아이들을 친절히 돌봐주
어 GI들이 좋은 평을 샀다. 한국 아이들이
소형 로이 로져스(Roy Rogers) 잡지와 카우
보이 장화를 선물 받고 좋아하고 있다.

메러디스 빅토리 호의 3등항해사 ▶
앨 프랜존(Al Franzon)이 아이들에게
껌을 나누어주고 있다.

▲ 미 해병대 장병들이 휴식을 취하고 있는 장면. 장진호에서 극적으로 후퇴하여 흥남철수를 위해 영하 수십도 추위를 견디며 눈 쌓인 산간도로를 따라 행군했다.

▲ 흥남 미 해병 묘지에서 장진호 탈출 때 전사한 미 제1해병사단 전몰용사 영결식에 나팔수가 진혼나팔을 불고 있다.

▲ 적군이 사용하지 못하도록 흥남부두의 미군 군장비와 시설을 UN군 폭파팀이 폭파를 하여 화염이 크게 치솟고 있다. 폭파를 주도한 미 해군 베고(Begor)호.

▲ 장진호 퇴각은 미국 역사상 12일간에 걸친 최장·최악의 후퇴작전
이었다. 참패 속에서 살아남은 해병대 장병들이 남한으로 철수하기
위해 해군 수송선에 오르고 있다.

▲ 1950년 9월 15일 맥킨리 산(Mt. McKinley) 함상에서 맥아더 장군이 인천 상륙작전을 지휘하고 있다. 이 역사에 빛나는 작전을 장군이 주도하여 전쟁 상황을 극적으로 역전시켰으나 그 결과가 오래 가지는 못했다.

▲ 1950년 10월 15일 웨이크 섬(Wake Island)에서 트루먼 대통령이 맥아더 장군을 만나는 장면. 엄청난 오판으로 맥아더는 트루먼에게 중공군 개입은 없을 것이며 "크리스마스까지는 장병들을 귀국시키겠다"고 호언했다. 수일 후 중공군이 참전했으며, 트루먼-맥아더 회동 중에 그들은 이미 북한에 사실상 진주했을 것으로 추정된다.

◀ 인천 상륙작전 중 미
해군 LST 4척이 군인과
장비를 해변에 내려놓고
있다.

▲ 북한 피난민들이 흥남 방향 도로를 메우고 있다. 피난 보따리를 등에 메거나
우마차나 손수레에 가득 싣고 집에서 도망쳐 나와 피난길에 올랐다. ▼

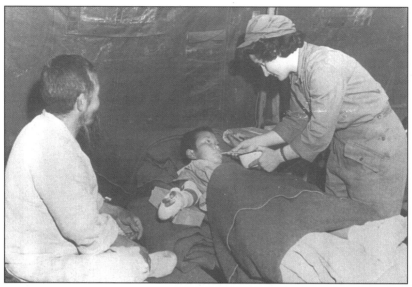

▲ 아이들은 항상 전쟁의 죄 없는 희생자들이다. 미군 야전후송병원의 한 간호병이 고마워하는 아버지가 지켜보는 가운데 아들을 치료하고 있다.

▲ 흥남항에 떠있는 고깃배를 포함한 어떤 배든지 피난민들로 가득 채워지고 있다. 공산군의 추격을 피하는 길은 오직 바다를 통해 철수하는 방법밖에 없었다.

▲ 미해군 LST와 메러디스 빅토리 호를 포함한 미국 선박들이 98,100명의 피난민을 태우고 있는 장면.

▲ 메러디스 빅토리 호의 상갑판이 피난민들로 가득 차 있다. 상갑판 밑의 3층으로 된 화물선창은 더 빽빽이 들어찼다.

▲ 메러디스 빅토리 호의 상갑판 선미(船尾)의 난간과 난간 사이를 피난민들이 빈틈없이 채우고 있다. 이 배에 탄 북한 피난민 남녀노소 14,000명 중 극히 일부만 보여주고 있다.

▲ 피난민들로 가득 찬 상갑판을 다른 측면에서 찍은 사진.

▲ 1953년 7월 27일 마크 클라크(Mark Clark) 대장이 판문점에서 정전협정 문서
에 조인하고 있다. 미국측 정전협정위원 로버트 브리스코(Robert Briscoe) 해군중
장(중앙)과 제이 제이 클라크(J.J. Clark)(마크 클라크 대장과는 성만 같을 뿐 친
척이 아니다)가 지켜보고 있다.

▲ 피난민 구출 10년 후 1960년 8월 24일 메러디스 빅토리 호의 영웅, 필라델피
아 출신 전 선장 레너드 라뤼에게 아이젠하워 대통령을 대리하여 프레드릭 뮐러
(Frederick Muller) 미 상무장관이 해양상선 최고수훈 메달을 수여하고 있다.

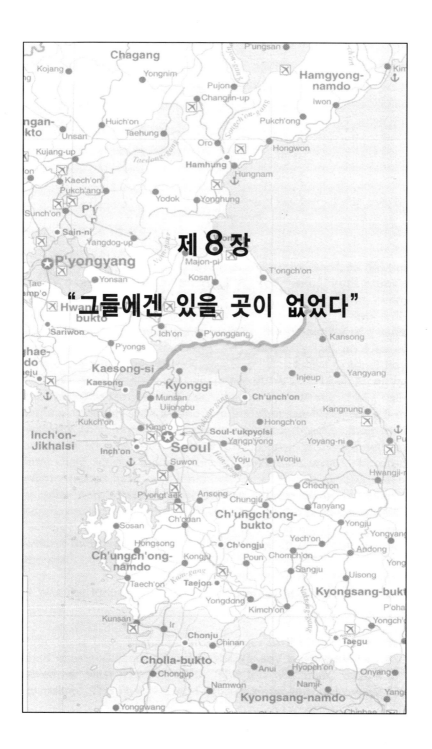

제 8 장

"그들에겐 있을 곳이 없었다"

배가 동해로 빠져나간 첫째 날, 1등항해사 디노 사바스티오(Dino Savastio)가 함교艦橋에 있는 라뤼 선장을 올려다보며 소리를 질렀다.

"선장님, 우리가 몇 명을 태웠다고요?"

선장이 갑판을 내려다보며 말했다.

"14,000명이잖아!"

사바스티오가 큰 소리로 대답했다.

"아닙니다. 선장님, 이제 14,001명으로 늘어났습니다!"

아기가 하나 태어난 것이다. 러니는 의무실로 호출되었다. 2단 침상과 물이 있을 뿐 그 외엔 아무것도 없는 작은 방이었다.

그는 그때의 일을 이렇게 회상했다:

"내가 처음에는 도와주려고 대들었지요. 그런데 그 임산부 옆에 부인 몇 명이 산파노릇을 하며 아기의 해산을 돕고 있는 걸 알았지요. 한국 여자들한테는 아이 낳는 일쯤은 쉬운 일입니다. 분만하기 전에 특별조리나 산부인과 의사의 진찰 같은 것은 별로 신경을 안 씁니다. 논밭에서 일할 때에도 아기에게 젖을 먹이거나 밥을 먹이고 난 후에는 아기를 논밭 옆에 놔두고 들어가서 다시 일을 하지요. 나는 배 안의 험한 상태에서 아기를 낳았으니 큰일이라고 생각했지요. 그러나 그 당시 한국 여자 산모는 대단한 일로 안 보더라고요."

그래도 러니는 만약에 대비해서 옆에 서 있었다. 그는 전면전을 치르는 한복판에 서서, 인류사상 최대의 극적인 인명구출 작전 바로 그 가운데서, 건강한 사내 아기의 탄생을 지켜보았던 것이다. 놀랍게도 ― 한국 여자들에겐 놀랄 일도 아니지만 ― 그 항해 중에 아기가 넷이나 더 태어났다.

러니는 말했다:

"아기를 분만할 때마다 만약을 대비해서 제가 뒤에서 지켜보기는 했지만 분만을 실제로 도운 것은 모두 그 여자들이었지요. 우리는 산모가 해산하고 또 해산 후 조리에 이상이 없도록 특별히 신경을 썼지요. 타월과 온수를 대 주는 등…. 산모는 모유로 아기를 먹여서 자연의 이치가 모두 해결되었습니다. 주위 사람들은 축하하며 웃고 있었지요. 그러나 좋아서 환성을 지르는 사람은 없었어요. 산모는 아기의 손가락 발가락을 만져보고 정상인 줄 알고는 아기를 품에 안아보려고 했지만 인생의 큰일을 치른 양 크게 걱정하는 것 같지는 않았어요. 오히려 선원들이 더 웃고 좋아했지요."

사바스티오는 집에 보내는 편지에다 이렇게 썼다: "신생아 곁에서 계속 도와줘야 할 일이 있는지 지켜보았습니다."

선원들은 첫아기의 이름을 "김치"라고 지었다. 김치라는 것은 배추를 고춧가루, 파, 마늘, 멸치젓, 생강 등에 절여서 한 달간 장독에 넣고 익히는데, 맵고 양념 맛이 대단하지만 순 자연식품으로 한국에서는 가장 인기 있는 음식이다. 우리 배의 선원들이 "김치"라고 이름 지어 주었지만, 엄마가 나중에 틀림없이 좋은 이름으로 바꾸어 줄 것으로 믿었다.

※　　※　　※　　※　　※　　※

크리스마스 날 드디어 부산항에 도착했으나, 부두에 정박할 수 없다는 아주 충격적인 소리를 들었다. 부산시는 이미 피난민으로 포화상태라는 것이었다. 찾아온 항만 관리들에게 라뤼 선장이 "14,000명을 태우고 왔는데 그럼 도대체 어디에 하선시키란 말이오?"하고 항의했다.

그들이 '여기는 안 돼요!'라고 하는 대답을 듣고 선장은 기가 막힐 지경이었다. 부산에는 이미 1백만 명이 넘는 피난민이 내려와서 더 이상 수용할 장소도 시설도 없다는 것이 그 이유였다.

선장은 너무나 놀랐다. 피난민들이 만약 항해가 아직 끝나지 않았고 앞으로 얼마나 더 가야 할지 모른다는 사실을 알게 되면 그들이 어떻게 나올지 두려웠다. 선장이 말했다: "우리 피난민들이 이 악몽 같은 항해를 더 해야 한다는 걸 알게 되었을 때 그들이 느낄 공포감을 상상이나 할 수 있겠는가?"

항만 당국은 선장에게 거제도로 배를 돌리라고 했다. 거제도는 부산에서 남서쪽으로 200리 떨어져 있는 섬인데, 그곳에서 피난민을 받고 있으니 거기로 가라는 것이었다. 멀 스미스는 회상했다: "이 불쌍한 피난민들에게 그보다 더 고통스런 일이 어디 있겠습니까?"

라뤼 선장은 회상했다. "닻을 올리기 전에 우리 피난민(my people)을 살리기 위해서는 어떤 도움이 필요하다고 생각했습니다. 몇 시간 동안 까다로운 사무적 절차를 마치고 부산의 미군 보급창에서 음식, 물, 담요, 군복을 얻어오는 데 성공했습니다. 나도 마지막 남은 항해를 같이하며 통역을 해 줄 몇 사람과 헌병들을 구했습니다."

라뤼 선장은 그때의 충격을 몇 년 뒤에 성경 구절의 말을 써서 이렇게 감동적으로 회고했다:

"성탄 메시지, 자비와 선의의 메시지가, 2000년 전의 성가정(聖家庭)처럼, 포학한 독재를 피해 내 배에 탄 이 고통과 슬픔에 잠긴 사람들에게 전해졌지만, 내가 그들을 바라볼 때 '…**그들에겐 있을 곳이 없었다**.'라는 성경 구절이 생각났다."

그날의 항해 일지는 물품과 필요한 요원을 더 싣고 태우는 데 7시간 반이 소요되었음을 보여주고 있다:

00:00 음식을 가져와서 갑판과 갑판 승강구의 피난민들에게 급식을 했다.

07:30 급식 완료.

— A.W. 골름베스키. 기록

라뤼 선장은 그날 밤 음식과 군수품을 싣고 통역과 헌병들을 태우는 과정에서 일어난 한 가지 일을 잊을 수 없었다. 그날 밤이 성탄이브라는 생각이 떠올랐다. 뼛속까지 스며드는 추운 바다 위 맑은 하늘 아래 성탄의 밤은 소리 없이 찾아왔다. 피난민들의 주린 배를 채워주었고, 통역관들은 그들을 안심시켜 주고 있었다. 그때 선원들이 자진해서 자신들이 입을 옷가지를 피난민들에게 나누어 주고 있는 것이 눈에 띄었다.

메러디스 빅토리 호가 거제도 해안을 향해 가고 있는데, 수송선 싸전트 트루먼 킴브로(Sgt. Truman Kimbro) 호의 선장 레이먼 포시(Raymond Fosse)와 그의 선원들은 멀리 보이는 것이 무엇인지 확실히 알아보려고 애쓰고 있었다.

거의 10년 후 〈선장(The Skipper)〉이란 잡지에 작가 에드워드 올리버(Edward F. Oliver)를 통해 기고한 기사에서 이렇게 썼다:

"우리는 그 빅토리아 호를 처음 보고는 도대체 그 갑판 위에 무얼 실었는지 알 수가 없었어요. 멀리서 보니 그냥 시커먼 큰 덩어리였어요. 그 배가 가까이 오자 그 큰 덩치가 바로 사람들이라는 것을 알았습니다. 그 사람들은 조용히 기다리고 있었어요. 실제로 보지 않고는 못 믿을 겁니다."

라뤼 선장과 그의 〈기적의 배(ship of miracles)〉의 새로운 도전은 하역 지점에 대한 지형도였다. 그 항구는 작고 몹시 붐볐다. 따라서 배와 기적을 이룬 일꾼들과 피난민들은 항구 밖에서 하룻밤을 지내야 했다.

다음 날(크리스마스 날) 선원들은 또 하나의 큰 도전 ― 피난민들을 하선 시키는 문제에 직면했다. 텅 비어 있는 듯한 섬에는 독크(선착장)와 부대시설이 전혀 없었다. 큰 화물선을 해변에 가까이 갖다 댄다는 것은 도전이 아닐 수 없었다. 해변 가까이 댄 후 LST에 옮겨 태워 상륙시켜야 할 판이었다. 중장비를 올리고 내리는 화물 하역 발판에 한꺼번에 16명씩 피난민을 태워 LST로 하선시키는 도리밖에 없었다.

바닷물은 심하게 출렁대면서 피난민들을 한 순간에 삼켜버릴 것 같았다. 그러한 위험 속에서 피난민들은 화물 하역 발판에 올라타고 메러디스 빅토리 호 선체 옆에서 대기 중인 LST로 갈아탔다.

기관사 앨 카우프홀드(Al Kaufhold)는 70세 되는 늙은 여자 하나가 LST로 갈아탈 때 그녀의 피난보따리를 놓쳐서 바닷물 속으로 빠지는 것을 보고 가슴이 아팠다. 흥남에서부터 보따리를 움켜쥐고 천신만고 끝에

이곳까지 왔는데 이제 와서 자기의 몸만 제외하고는 몽땅 잃어버리고 말
았던 것이다.

카우프홀드는 다른 한편으로 가슴 뭉클한 행복한 정경도 보았다. 7살
난 한 여자아이가 갑판 위에서 얇은 옷을 입고 추위에 덜덜 떨면서도 미
소를 짓고 있는 모습이었다. 왜 웃고 있을까? 몸은 아프고 힘들어도 사
람들이 배에서 내려 LST로 갈아타는 것을 보니 이제 이곳은 안전한 곳
이구나, 하면서 안도하고 있었기 때문일 것이다.

※　　※　　※　　※　　※　　※

모든 피난민들이 배고프고 목이 마를 대로 마르고 지칠 대로 지쳐 있
었으나 외항(外港)에 정박한 배 안에서, 끝없는 하선 작업을 한없이 오래
기다리면서도, 어느 누구도 밀고 당기고 하는 사람이 없었다. 어느 누구
도 배에서 뛰어 내리겠다거나 헤엄쳐서 육지로 가겠다고 하는 사람이 없
었다. 좋다고 소리치는 사람도 없었다. 오히려 극기심(克己心)으로 체념한
듯한 모습이었다. 사관과 선원들 모두는 그들의 흐트러지지 않는 침묵과
오래 참음에 찬사를 보냈다.

라뤼 선장은 구출작전 10주년 기념일을 2주 앞둔 1960년 12월 11자
에 발행된 〈금주의 뉴스(This Week)〉지의 기고문에서 당시의 상황을 이

렇게 회고했다:

> "위험한 과정은 아직 끝나지 않았다. 유일한 하선 방법은 전투시 탱크를 상륙시키기 위해 만든 LST의 도움을 받는 것이었다. 2척의 LST가 차례로 우리 배 옆으로 다가와서 피난민을 실을 때 신경을 곤두세우지 않을 수 없었다. 누구나 배의 난간을 잡고 기어 올라간 다음 하역 발판에 실려 LST 옆으로 내려가야만 했기 때문이다."

특히 선장이 위험스럽게 본 것은, 그것은 사고로 심하게 다치거나 죽을 수도 있는 작업이었기 때문이다. 각기 8,500명씩 태울 수 있는 용량이 큰 배 2척을 우리 배 옆에 대놓고 밧줄로 나란히 묶었다. 그리고 나서 피난민들을 2척의 LST로 올라타게 했는데, 파고가 너무 심하여 배들의 핏칭(pitching: 배가 앞뒤로 흔들림)이 위험 수준이었다. 사람을 많이 옮겨 태울수록 메러디스 빅토리 호의 선체가 계속 두 LST의 선체를 세게 부딪쳐서 만약 한 순간에 밧줄이 끊어진다면 사람들이 배 사이에 끼어 으스러져 버릴 위험이 있었다.

몸을 꼼짝할 수도 없게 된 피난민들은 화물선 옆에 빽빽이 서서 차례를 기다리는 판국이었다. 아버지들은 자기 아이들의 허리띠를 단단히 졸라매고 그들을 선창에서 들어 올려 갑판으로 올려놓았다.

그는 훗날 이렇게 술회했다:

> "한국 사람들은 감정 표현이 없어 보였다. 그러나 손을 흔들며 우리를

바라보는 그들의 얼굴 표정에는 깊은 감사의 뜻이 역력했다. 함교에서
이들을 바라보는 나의 가슴은 깊은 감동으로 뜨거워졌다."

제임스 휘난(James Finan)이 〈해군업무(Naval Affairs)〉라는 잡지와 그
후 〈리더스 다이제스트(Reader's digest)〉지에 그 기적적인 항해에 관하여
밝힌 글을 보면, 구출된 피난민의 수를 약 15,000이라고 했다. 휘난은,
해운업계의 관리들은 그렇게 많은 수의 사람들을 태웠다고 믿기 힘들었
으며, 또 발표문을 인쇄하는 과정에서 오류가 발생한 것이라고 주장했
다. 따라서 모든 문서에는 1,500명으로 줄여버린 결과를 가져왔다.

12월 26일자 해상일지(ship's log)는 역사상 최대의 구출작전이 완료되
었음을 반영하고 있다.

　　09:15　LST로 피난민 이동 개시.

　　12:00　피난민 LST로 이동작업 진행 중. 헌병들 배 안팎에서 임무
　　　　　에 종사.

　　　　　　　　　　　　　　　— 스미스(H. J. B. Smith Jr.) 기록

　　12:00-16:00　일기 쾌청. 시계 양호. 잔잔하고 경미한 북서풍. 한
　　　　　국 피난민들 LST Q636호와 LST BM 8501호로 하선 작업 진행
　　　　　중. 헌병과 선원들 합동으로 보조 활동함.

　　13:20　LST Q636 만적(滿積)하고 떠남.

　　14:45　피난민 하선작업 완료. 선내 수색. 전원 하선 확인.

14:55 LST BM8501호도 모두 싣고 떠남.

— 프랜존(*A. Franzon*) 기록

〈시애틀 포스트 인텔리전서(*The Seattle Post-Intelligencer*)〉지의 칼럼
니스트인 챨스 리걸(Charles Regal)은 메러디스 빅토리 호의 거대한 업적
을 평가하면서 "그것은 그야말로 화물선으로서, 아니 무슨 배든지 간에,
사람을 그렇게 많이 태운 역사상 최대의 기록이었다. 대형 여객선으로서
최대한의 승객을 싣도록 건조된 퀸 메리(Queen Mary) 호조차 2차대전 중
병력 수송선으로 개조한 뒤 평균 2천에서 1만 명 정도의 군인들을 수송
했다."라고 적었다.

리걸은 메러디스 빅토리 호의 업적을 최초로 보도한 기자였을 것이다.
그 배가 흥남 구출작전을 마치고 한 달 후 시애틀 항에 정박하자 글을
써서 세상에 알렸다. 이어서 "메러디스 빅토리 호가 입항하자 12월 22일
14,000명의 한국 민간인을 배에 가득 싣고 흥남을 탈출한 이 기적 같은
놀랄만한 사건을 〈시애틀 먼데이(Seattle Monday)〉지가 처음으로 밝혔
다."고 덧붙였다.

미 해양수송단 단장인 이튼(M.E. Eaton) 해군대령이 그 철수작전을
"한 척의 배가 수립한 기록으로서는 세계사상 최고였다. 지고(至高)한 인
도주의의 발현(發顯)이었으며, 미국 상선업계와 국제연합 기구에 대단한
큰 공헌을 했다"라고 평가한 말을 리걸 기자는 인용 보도했다.

러니는 필자에게 구출작전을 성공시키는 데 피난민들도 큰 역할을 하였음을 간과할 수 없다고 했다. 그는 말했다:

"이 한국 사람들의 냉철한 극기심(克己心)과 용감성으로 인하여 우리의 가슴 한 구석에는 한국의 얼과 혼이 스며들었습니다. 우리는 아직도 그들의 행위에 감탄하고 있어요."

거제도에 도착할 때까지 모든 항해 과정을 통해 라뤼 선장의 행실과 품위는 한결같았다. 러니는 당시를 회고하며 말했다:

"명령을 내리고 작업 일체를 지휘하는 그의 행동은 변함없이 한결같았어요. 우리의 대성공은 모두 우리 선장의 인격 때문이었습니다. 그는 매사를 분명하게 선을 그이 분석하는 머리를 가졌어요. 아무것도 그를 옭아매지 못했습니다. 좌고우면(左顧右眄)하지 않았습니다. 잡념이 그를 어지럽히지도 않았습니다. 조금도 의심하지 않았습니다. 그토록 거대한 수의 사람들을 실어야 하는 문제를 단숨에 결정한 것입니다. 그는 마치 우리가 일상적인 생활에서 하듯이 당연한 일을 하는 것 같았습니다. 우리가 성공한 것은 그의 신념과 동기가 분명했기 때문입니다. 설령 우리 배가 폭파되어 모두 죽었다고 칩시다. 그래도 그는 창조주 앞에 서서 '나는 올바른 일을 했습니다.'라고 말했을 겁니다. 선장님은 우리 모두를 합친 것보다 더 꿋꿋했습니다. 그는 강철 같은 의지의 사나이였지요. 항상 단호하고 안정적이고 책임감 강한 지휘관이었습니다."

※ ※ ※ ※ ※ ※

성탄절 날 거제도에 도착하자 러니와 스미스는 집으로 편지를 띄웠다. 그때 가족들의 눈을 끈 것은 다음과 같이 상단에 큰 글자로 제목을 단 〈뉴욕 타임즈〉의 대서특필 기사였다.

흥남 철수작전 완료.
중공군 38선 넘어 남진.
민간인에게 서울 소개령

그 하단의 세부 기사는 총 20만5천 명 구출, 그 중 10만 5천 명은 미군, 10만 명은 북한 피난민임을 밝혔다. 그리고 성탄절을 맞아 독자들의 마음을 환기시켰다.

오늘은 크리스마스 날입니다!
가장 불쌍한 사람들을 잊지 맙시다!

〈워싱턴포스트〉지도 크리스마스 날 조간 뉴스에 흥남 철수를 머릿기사로 다루었지만 피난민 철수에 관한 언급은 없었다. 그러나 〈포스트〉지 전면 하단의 두 특별 보도가 눈을 끌었다. 첫째, 미 국방성이 흥남 철수 작전을 완수했다는 발표와, 둘째 한국의 리승만 대통령이 절대 필요한 직책을 제외한 모든 국가공무원의 서울 소개령을 내리고 "한국 국회를 동남쪽 항구도시로 급히 옮긴다"는 보도였다.

그리고 첫째 면에 트루먼 대통령이 버튼을 누르는 사진을 실었다. 크리스마스이브 5시 16분, 미조리 주 인디펜던스 사저에서 백악관 정원에 세운 초대형 크리스마스트리에 불을 밝히는 장면이었다.

AP통신은 철수작전 마지막 단계를 아래와 같이 보도했다:

"북한 동북부 지역의 연합군 잔여 병력이 적의 포위망으로 줄어든 흥남 교두보에서 철수를 질서정연하게 하고 있는 중에 공산군이 그 지점을 박격포탄으로 계속 공격했다. 그러나 보병에 의한 공격은 없었다."

(*괄호 안에는 [이 철수작전 보도는 동경의 극동사령부 검열 필]이라고 적었다. ― 저자 주)

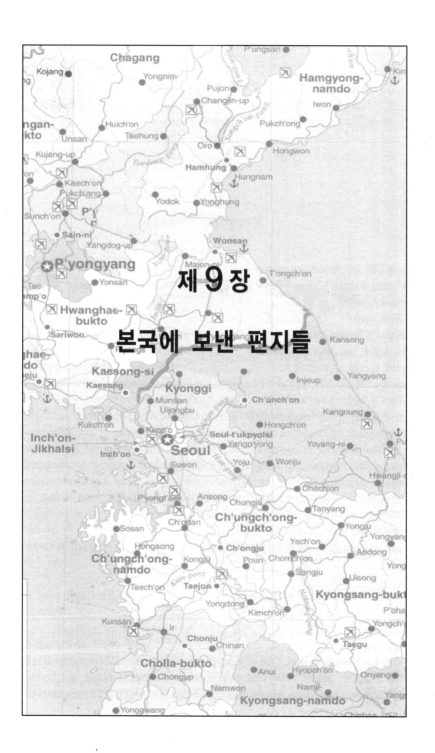

제 9 장

본국에 보낸 편지들

미국 전역에서 미국인들은 흥남 소식을 기뻐하면서 또한 영화관이나 TV에서 벌이는 각종 성탄절 특집 쇼를 즐기고 있었다. 레드 스켈튼(Red Skelton)은 "괴짜를 조심하세요(Watch the Birdie)"에 주연으로 출연했고, 베티 허튼(Betty Hutton)과 프레드 애스테어(Fred Astaire)는 "춤을 춥시다(Let's Dance)"에 공연(共演)했는데, 이 둘은 경쾌하게 춤을 추며 관객을 즐겁게 해주었다. 뉴욕의 유명한 〈라디오 시티 뮤직홀(Radio City Music Hall)〉은 에롤 플린(Eroll Flynn) 주연의 "루드야드 키플링의 킴(Rudyard Kipling'Kim)"을 공연하고 있었다. 그리고 신문 광고에서는 록펠러센터(Rockefeller Center)의 이름난 극장에서 "세계적으로 유명한 크리스마스 계절 무대"로서 "크리스마스 특별 무대 쇼"를 펼친다고 널리 선전하고 있었다.

1950년, 미국인들은 아직도 집에서 라디오를 청취하고 있었으며, 많은 사람들이 자동차 안의 라디오는 갖고 있지 않았다. NBC는 유에스 스틸 시간(U.S. Steel Hour)이란 프로그램에 보리스 칼로프(Boris Karloff),

시릴 리처드(Cyril Ritchard), 리처드 버튼(Richard Burton)을 등장시켜서 "데이비드 카파필드(David Copperfield)"라는 라디오 연속극을 방송했다. NBC는 대중적 인기가 높은 오페라 테너 가수 로리츠 멜콰이어(Lauritz Melchoir)를 주연으로 하여 "조용한 밤(Silent Night)"이라는 라디오 방송 극을 내보냈다. 뮤츄얼 앤드 CBS(Mutual and CBS) 라디오는 영국 조지 왕(King George)의 크리스마스 메시지를 방송했다. NBC TV는 "한셀과 그레텔(Hansel and Gretel)" 특집과 또 하나의 특집 "원더랜드에서의 한 시 간(One Hour in Wonderland)"이란 쇼를 방송했다. 이 쇼에서는 월트 디즈 니(Walt Disney)와 그의 가장 가까운 두 친구 미키마우스(Mickey Mouse) 와 도날드 덕(Donald Duck)이 출연하는데, 이 쇼에는 복화술가(腹話術家) 에드가 버건(Edgar Bergen)이 항상 턱시도를 입고 중산모(中山帽)를 쓰고 외알박이 안경을 낀 찰리 매카시(Charlie McCarthy)를 자기 콤비로 삼아 같이 등장했다.

그러나 우리는 TV를 시청하고 라디오를 들으면서도 전쟁의 기운이 나 타나고 있음을 느꼈다. AP통신 기자인 웨인 올리버(Wayne Oliver)는 크 리스마스 쇼 예고편을 보고 나서 이런 평을 썼다:

"프로그램의 방향이 심각한 국제정세를 반영하고 있다. 크리스마스에 방송될 두 라디오 프로그램에서 한국에 있는 GI들이 고국 가족들과 통 화하는 내용을 다루게 될 것이다. 우리나라가 현재 정식으로 선전포고 도 하지 않은 전쟁을 치르고 있는 것에 대해 청취자들의 의견을 모으 려는 의도일 것이다. 그런 주의 환기가 필요하다면 말이다."

스미스와 러니는 본국에 있는 가족들과 직접 통화를 할 수 없어서 거제도에 닿은 첫 안전한 시간에 편지로 대신했다:

사랑하는 가족들에게

이번 크리스마스를 나는 살아있는 한 절대 잊을 수 없을 겁니다. 우리는 부산에서 마지막 편지를 부치고 예정한 대로 흥남으로 갔습니다. 거기서 3일을 있다가 군인들이 전부 철수해야 하는 하루 전날에 떠났어요. 우리가 거기서 실은 것은 화물이 아니고 14,000명의 피난민들이었어요.(스미스는 피난민 숫자를 강조했다.) 22일에 그들을 태우기 시작하여 23일 아침에 떠났지요. 이제 그들을 내리게 하여 LST에 옮겨 태운 후 상륙을 시키려고 합니다.

거기는 항구라고는 하지만 선착장이나 부두 시설이 없습니다. 잘 알겠지만, 우리 배는 화물만 싣도록 만든 배 아닙니까. 다섯 층의 화물선창이 있고 각 선창마다 세 개의 갑판이 있는 구조인데 불도 난방도 있을 리가 없지요. 사람들을 나무 발판에 실어서 각 선창으로 내려보냈지요. 맨 아랫층의 선창과 갑판을 채우고 나면 출입문을 닫은 다음 그 윗층의 선창과 갑판을 모두 채우고… 그렇게 상갑판 위까지 다 채우는 방식으로 배 전체의 선창과 갑판을 사람으로 꽉 차게 실었습니다.

화물 선창에 변소가 있을 리 없지요. 저장통 몇 개를 찾아 변소 대

신 사용하게 했지만 턱도 없었어요. 사람들이 앉고 싶어도 무릎을 양
팔로 감싸 당기고 앉아야만 했습니다. 선창이 얼어붙을 듯 추웠지만
악취가 너무 지독해서 토할 지경이었습니다. 저 사람들이 겪고 있는
고통을 보고 있으면 크리스마스 때 왜 내가 집을 떠나와서 이런 고생
을 하고 있나, 하는 그런 생각을 할 틈이 없습니다. 유럽 사람들은 힘
들 때 기댈 수 있는 친척들이 미국에 살고 있지만, 피난민들은 그런
연고가 전혀 없으니 딱하기만 합니다.

우리가 케어(CARE: 미국 원조물자 발송 협회—역자)가 보내주는 구
호물자를 이들보다 훨씬 형편이 나은 독일 사람들에게 실어다 준 적이
있었지요. 거기에 비하면 이들에게 해주는 일은 너무도 미약하네요.
목이 타서 물을 달라고 애원하지만 배 전체에 오직 50명 분의 물만 있
으니까요! 물을 아껴서 입만 축이게 하더라도 그것은 큰 양동이의 한
방울 물처럼 턱도 없는 것이었어요.

홍남을 곧 떠나려고 할 때 한 소녀가 밟혀 죽기도 했습니다. 그 아
이의 아버지에게 육지로 올라가서 1시간 안에 딸아이를 묻고 오라고
했습니다. 그러나 그 아버지가 딸을 묻고 돌아와서 배를 탔는지는 알
수 없습니다.… 우리 군에게 잘못했다고 말할 수도 없었어요. 사람을
90,000명이나 홍남에서 태워 보내야 하고 선착장 시설이 제한되어 있
어서 배를 한 척씩 대놓고 군 장비를 실어야 하는 형편이었으므로, 그
로 인해 철수 작전은 지연되었지요. 피난민만 없었더라면 더욱 빨리
철수할 수 있었다는 주장을 하는 사람들도 있어요.

불길과 연기가 흥남 곳곳에서 치솟고 있었어요. 낮에는 우리 비행기가 "빨갱이들(Reds)"에게 공습을 가했고, 밤에는 해군이 함포사격을 했는데 어떻게 적들이 공격을 멈추지 않았는지 알 수가 없어요. 적들은 우리가 온 첫날보다 훨씬 가까이 쳐들어왔어요. 군인들이 무사히 철수하기를 바랐습니다.

오늘은 이만 줄입니다. 여기를 떠나 부산 가서 이 편지를 부칠게요. 모두에게 안부 전해 주세요.

멀(Merl) 드림.

*추신: 지금 여기는 오후 2시니까 거기는 24일 자정이겠네요. 메리 크리스마스!

러니도 3일 먼저 피난민들을 흥남부두에서 태우면서 현장에서 직접 보고 느낀 대로 집에 편지를 쓰기 시작했다:

우리 배가 정박한 지점에서는 아군 전폭기의 공습과 해군의 함포사격을 잘 볼 수 있었습니다. 첫 번째 로켓포함이 우리 배 바로 옆을 지나 로켓포 사격 태세를 취할 때, 우리 귀에 들리는 소리는 13밀리와 20밀리 함포와 로켓포로 중공군 진지를 맹타하는 소리뿐이었습니다. 함포 소리가 가장 요란하게 들릴 때 나는 일어나서 비실거리며 갑판으로 나가 보려고 문을 열었는데, 그 순간 차디찬 공기가 얼굴을 때려서

잠이 순간적으로 달아났지요. 다행히 모든 포격은 아군이 했고, 중공군이 우리가 있는 항구 쪽으로 쏜 포격은 없었어요.

22일 금요일 밤, 도크에 배를 댔을 때 항구는 이미 50척 정도의 배들로(해군과 상선 합쳐서) 꽉 차 있었습니다. 원래 계획은 하부의 화물 선창에는 화물을 싣고 윗층에다 군인들 1,000명 정도를 태우려고 했어요. 부두에 배를 대고 옆 배와 묶으려고 할 때 북한 피난민을 태워야 한다는 통보를 받았습니다. 자그마치 10,401명, 이 숫자는 부모 등에 엎여있는 애들을 세지 않은 것이며 3~4천 명을 더해 합치면 14,000명! 그들에게 물과 음식을 가지고 타도록 했어요.(배 갑판 전체가 사람으로 완전히 덮여 있는 상태인데 그 가난하고 불쌍한 사람들이 무엇을 가지고 들어올 수 있었는지 알 길이 없었어요.)

한편 우리 공군과 해군의 공격이 더욱 치열해지고 방어선은 40십리 폭으로 줄어들어 우리의 위치는 최전방에서 30리 안팎에 있었지요. 해군 함포사격 포탄이 바로 우리 머리 위를 날아가 가까운 거리에서 터지고 아군 전폭기가 급강하 하면서 로켓포와 기관총을 갈겨대는 것이 보였어요. 공병대가 다른 배를 넘어 우리 배로 걸어올 수 있도록 나무판자로 가교(架橋)를 급히 만들어 주니 수천 명의 피난민들이 몰려왔어요.

해가 질 무렵 끝이 보이지 않을 만큼 피난민이 장사진을 이루었는데, 목발을 짚은 불구자 노인들, 엄마들 가슴에 매달린 젖먹이 아이들, 아이들을 등에 업은 노인들, 들것에 실린 사람 18명, 우는 아이들을 이끌고 배는 불룩한 임산부들이 모두 탔어요.

어디를 보나 너무나 처절한 광경뿐이었고…, 환자실에서 아기가 이미 하나 태어났고…. 배가 부산에 닿자 한국군 헌병들을 포함하여 18명의 장정들이 대들어 피난민들을 먹였지요.

한 사람은 발의 부상이 너무 심하여 부산항에 내려놓았는데 우리가 떠날 때 아내를 내리게 해달라고 울부짖고 있었어요.

이 대량 생명구출 작업을 하면서 얼마나 많은 가정들이 헤어졌는지 알 수가 없었어요. 그들은 그곳에서 탈출하거나, 아니면 미국 군인들을 도와주었다는 이유로 빨갱이에게 잡혀 죽거나 둘 중의 하나였지요. 거기 있던 3만 명 모두를 빅토리아 호 크기의 배 3척으로 나누어 태워야 했는데, 원래는 부산으로 가기로 되었으나 부산 남서쪽 섬 거제도로 배를 돌려야 한다는 것이었습니다. 다행히 그 항로변경 명령이 공식적으로 접수되지 않아서 크리스마스이브에는 부산에 잠시 입항할 수 있었지요.

상갑판 위 피난민들은 운이 좋은 사람들이었어요. 아래 화물선창에 정어리 통조림처럼 꼼짝 할 수도 없이 꽉 차 있는 사람들은 숨 쉬기도 힘들 정도였어요. 변소도 물도 먹을 것도 전혀 없는 화물칸, 화물을 위해 환기통이 설치되어 있을 뿐, 사람을 위한 것은 아니었지요. 갑판 전체가 인간 배설물로 뒤덮여서 하늘까지 치솟는 악취를 어디로 피해도 막을 길이 없었어요. 15,000명이 사는 도시 하나를 오물과 질병 처리 시설이 전혀 없는 배 한 척 속으로 욱여 처넣었다는 사실을 상상이나 할 수 있겠습니까?

드디어 우리는 거제도에 닻을 내리고 그들을 상륙시킬 LST를 기다리고 있었어요. 그들을 그 배에 태우는 데만 72시간이 걸렸으니, 급하게 내리도록 하더라도 24시간은 족히 걸릴 겁니다. 그때처럼 크리스마스 날의 우리 집을 그리워해본 적은 없었어요. 어디를 보나 죽음과 파괴만 보이는 전쟁판에서 나의 무력함이 가슴을 치더군요. 오직 생각은 전쟁의 지긋지긋함, 나는 현대전의 가슴 찢어지는 광경을 읽고 보고 했지만, 이 참담한 일에 나 자신이 노출되면서 내가 볼 그 이상을 겪었다는 느낌이었어요. 갑판에 나가서 이들을 둘러보는데, 자기 체온으로 아기들을 감싸고 있는 엄마들, 옷을 덮어 아이들 추위를 막아보려는 아빠들, 나는 감정에 휩싸여 울음을 터뜨리지 않을 수 없었습니다. 나는 내가 갖고 있는 초콜릿을 찾아내서 그들에게 다 나눠 주었고, 배에서도 줄 수 있는 한의 물을 주었고, 다른 선원들도 먹을 것을 샅샅이 찾아내서 주었지만, 어디 한번 생각해 보세요, 14,000명이나 되는 사람들을 무슨 수로 다 먹이고 물을 줄 수 있겠는지….

우리가 급히 시간을 다투며 흥남항을 정말 아슬아슬하게 떠났던 이유는, 우리가 출항하고 난 뒤 24시간 내에 전부 다 철수해야만 하는 긴박한 상황이었기 때문이었어요. 어쨌든 우리는 피난민들을 공산당으로부터 구출해낸 겁니다. 5년 동안 공산치하에서 시달린 그들이었

기에 탈출로 인한 고통이 아무리 힘들어도 잘 참아낸 이유를 충분히
상상할 수 있었어요.

　우리의 크리스마스 디너는 그런대로 좋았다고 해야겠어요. 집에서
어머니가 해 준 디너에 견줄 바는 아니었지만…. 집에 가 있기를 바라
는 마음 간절했지만…. 그때 스튜워드(Steward)의 요리책 속에 우리가
자라면서 가장 마음에 들었던 말 "엄마, 먹을 때 됐어요?(when do we
eat)"라는 구절이 생각나더군요. '내 속에 들어있는 사람(inner man)'이
음식을 갈망하는 요란하고 왕성한 소리가 울렸습니다. 바로 그것이 지
난 세월 동안 어느 요리사에게나 도전과 영감을 주었다는 생각이 들어
요. …

　어머니, 부디 추신(追信)을 읽어봐 주세요."

　12월 28일 부산에서 부친 추신은 고국의 가족 친지에게 아주 최근의
소식을 알렸다:

　여태까지 이 추신을 쓸 틈을 못 내다가 이제 펜을 듭니다. 26일 부
산에서 닻을 올리고 6시간 내로(생각보다 더 빨리 갔음) 거제에 도착,
LST로 91,000명을 전부 상륙시키고 오늘 아침에 부산항으로 다시 돌
아와서 지금 배 청소를 하고 있어요. 청소가 잘 안 되고 있어요. 정말
필요한 것은 약품으로 배 전체를 소독하는 것입니다. 현재는 제트기
연료 드럼통을 모두 부리는 작업 중인데 약 이틀 후면 끝납니다.

　　다음 행선지는 일본 사세보(Sasebo)입니다. 또 무슨 일이 기다리고 있는지 저는 모릅니다. 부산에서 10시간이면 그곳에 닿는데, 아마 한국전쟁 물자일 겁니다. 이제는 선원들 모두가 집에 가고 싶어 하는데, 당연하지요…. 그러나 가고 싶든 말든 군대가 컨트롤하고 있으니 어디 마음대로 되나요? 선박회사 직원이 올라와서 선원들에게 600불을 선불해 주었습니다. 이제 휴무계(休務屆)에 사인하고 하선할 좋은 때입니다. 저들 중 한 친구에게 이 편지를 부치라고 부탁할 겁니다. (나는 아직 할 일이 남았어요. 선불 받은 돈을 나누어 주는 일이예요.)

　　모두에게 안부 전해 주세요.

　　밥(Bob) 드림.

　　스미스와 러니가 크리스마스 편지를 집으로 보내려고 할 때, 서울에서 라디오 뉴스가 전해졌다: "전화(戰禍)로 폐허가 된 수도 서울의 민간인들, 공산군의 재침략으로 망연자실. 거의 모든 교회들, 예수그리스도 탄생 축하예배 위해 열었음. 대부분 시민들에게는 아주 간략한 성탄절. 잿더미로 부서진 가옥들 위로 눈이 덮이고 그 속에서 추위에 떠는 시민들. '메리 크리마스!'의 한국식 표현으로 전쟁 전에 걸렸던 교회 앞의 '예수 성탄 축하!' 현수막이 이번에는 전무(全無). 6개월 안에 재침략을 당했는데도 개신교·천주교의 모든 교회들은 신자들에게 성탄 축하를 종용하고 있음."

　　두 번째 전송 뉴스는 매우 심각했다:

"토요일 50만명이 넘는 중공군·북조선인민군 연합군이 38선에 집결.
유엔군에 대한 즉각적인 대 공세 임박했다고 맥아더 장군 발표. 재편
성된 26만명 정도의 인민군을 지원하기 위해 중공군 4개 군대가 침입,
유엔군을 크리스마스 대공세로 위협."

이런 불길한 전쟁 소식 중에도 트루만, 맥아더, 육참 총장 로튼 콜린
스(Lawton Collins)와 극동 미 해군사령관 터너 조이(Turner Joy) 해군중
장은 한국의 전 미군장병에게 크리스마스카드를 보냈다. 약 3년 후 한
국전 정전협정 교섭 단장이 된 조이 해군중장은 그때 상황을 적절히 표
현했다:

"'땅에서는 평화, 사람들 간엔 선의와 친선(peace on earth and good
will among men)'이라는 크리스마스 정신을 그토록 열심히 외쳐도 좀
처럼 구현되지 않는 것이 오늘의 현실이다. 오늘날 극동지역에서 이러
한 특수한 상황에서 크리스마스를 맞이하여 과거 어느 때보다 더 깊이
이날의 진정한 의미를 이해해야 할 필요가 절실히 요구된다."

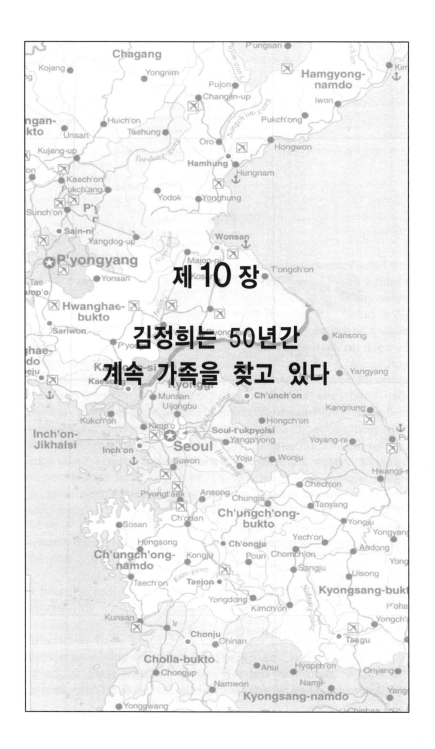

제 10 장

김정희는 50년간
계속 가족을 찾고 있다

라뤼 선장은 〈뉴스 다이제스트(News Digest)〉지에 그때를 회고하면서
이렇게 썼다.:

"나는 하느님이 3일간 우리와 함께 항해했다고 확신한다. 내가 하느님
이 절대적으로 우리와 동행하신 것을 믿게 된 까닭은 모든 논리의 법
칙을 생각할 때 인명 피해가 엄청나게 클 수도 있었는데 단 한 생명도
잃지 않았다는 것이다. 여러 번 생각해 봐도 배가 폭발하여 대 참사가
일어날 위험이 있었는데 기적적으로 아무 일도 없었다."

전 미 육군소위 밥 러니는 "해군의 도움 없이는 이룰 수가 없었다"고
흥남철수에서 해군이 한 역할을 주저 없이 치하했다.

해군은 조이 중장이 해양 상선단에 보내는 축하메시지 형식으로 러니
의 치하에 다음과 같이 회답했다:

"귀 상선단의 혁혁한 공로에 진심으로 축하와 감사를 드립니다. 한국
동북부의 한 지역으로부터 병력을 성공적으로 재배치하는 과정에서

성취한 귀 상선단의 업적을 치하합니다. 온갖 어려운 도전에 선도적, 열정적, 즉각적인 대응을 한 점으로 미루어 일단 유사시에 처하여 귀 상선단만큼 최상의 봉사와 헌신을 한 기관은 없다고 믿습니다. 귀 상선단에서 묵묵히 임무에 충실하여 큰 성취를 이룬 선원 제위의 공로를 우리는 잊지 않을 것입니다. 옆에서 팀워크를 같이 할 수 있는 수많은 선원 동료들이 있다는 사실은 우리 해군에 큰 힘과 위로가 됩니다."

육군도 해군을 치하하는 답례를 했다. 리지웨이(Ridgeway) 장군은 모든 작전을 제일 먼저 가능케 한 해군의 업적을 극찬했다. 그는 말했다: "10군단 전 장병과 군 장비를 해로를 통해 성공적으로 철수시킨 해군의 성과에 대해 언론의 대서특필이 미약하여 유감입니다만, 실로 흥남에서 해군은 놀랄만한 기량으로 성공을 거두었습니다. 위험지구로부터 우리 장병 105,000명, 피난민 90,000명, 차량 17,000대와 수십만 톤의 화물을 철수시킨 과업은 유례를 찾아볼 수 없는 전략적 대 승리였습니다. 뿐만 아니라 선적이 불가능하여 해변에 남긴 군 장비와 군 수품 일체를 폭파시켜 적의 손으로 넘어 가는 것을 방지했습니다."

전사(戰史) 연구가이자 작가인 쉘비 스탠튼(Shelby L. Stanton)도 〈1950년 ─ 한국의 미 제10군단〉이란 저서에서 "철수작전의 성공은 근본적으로 해군의 승리였다. 전함과 상선단의 도움 없이 육상 행군을 했다면 10군단 대다수 병력이 전멸을 면치 못했을 것이다."

스탠튼은 미 육군 전사 자료에서 한 구절을 인용하여, "다행히 중공군은 그들 자신에게 자명한 이유로 철수작전 진행 중에 대대적인 공세 준비를 위한 정찰 정도의 산발적 공격은 있었으나 우리의 교두보를 제압할 만한 집중적 공격은 없었다."고 했다.

대부분의 전문가들의 의견이 일치하고 있다. 즉, 북한의 민간인 남녀노소 91,000명의 생명을 그들 자신의 인민군과 공개적 협박을 해온 동맹군 중공군으로부터 구출해 냈다.

구출된 인명의 수는 캔자스 주의 엠포리아(Emporia) 시나 메릴랜드 주의 솔즈베리(Salisbury) 시의 인구와 맞먹는다. 그리고 아무 시설이 없는 화물선에 그토록 많은 사람을 싣고 간 업적을 볼티모어(Baltimore)에서 플로리다 주 잭슨빌(Jacksonville)까지 항해한 것에 견줄 만하다고 했다.

1등 항해사관 러니는 메러디스 빅토리 호의 안전을 3일 동안 매초 매분마다 위협한 특수한 전시상황에 대해 다음과 같이 더욱 극적인 표현을 했다: "기록된 역사 어디에도 격렬한 전투 중에 군인들이 적진으로부터 그토록 많은 민간인들을 구출한 예는 찾아볼 수가 없었다."

매쉬(M*A*S*H)라는 TV연속극 히트작에서 "뜨거운 입술(Hot Lips)"이란 별명을 가진 홀리한(Houlihan) 소령 역을 했던 여배우 로레타 스위트(Loretta Swit)가 "한국전쟁 비화(Korean War: The Untold Story)"라는 비디오 프로그램을 진행했다. 이 쇼에 출연한 러니는 인터뷰 도중 감정을 억

제하지 못하여 울먹이며 말했다: "나는 한국전쟁을 회상할 때마다 어머니들, 어린아이들, 애기들의 영상이 머리에 떠오르는 감동적인 경험을 하게 됩니다. 그들의 살 길은 오직 바닷길뿐이었어요. 우리 선장님이 최후의 한 사람까지 그 부두에서 건져 왔습니다."

그들이 거제도에 도착했을 때, 선장은 사관과 선원들을 모아 놓고 연설 같은 것을 전혀 하지 않았다. 러니는 그때의 일을 설명했다:

"라뤼 선장은 무슨 대단히 특별한 일을 한 것처럼 행동하지 않았습니다. 그가 행복해 했던 것은 우리가 영웅처럼 용맹한 일을 했다는 것이 아니라 단지 우리가 일을 성공시켰다는 바로 그것이었어요. 우리 모두가 그랬듯이, 그들을 구출했고 그들이 자유롭게 살리라는 사실에 만족감을 느낀 것이 전부였어요. 당시는 모두가 공산주의 위협이 세계적으로 확산되는 것을 두려워하던 때인지라, 자유롭게 산다는 것만큼 중요한 이슈는 없었습니다."

※　※　※　※　※　※

25년이 지난 후 스탠리 볼린(Stanley Bolin)은 미 8군을 위해 흥남철수 후 생존자 12명을 조사한 결과 그들이 남한에서 새로운 삶을 시작하려는 과정에 피난민들이 겪은 가장 큰 도전은 하루하루를 어떻게 살아남느냐 하는 것이었다고 했다. 특히 남한에 아무런 연고자가 없어서 만원 상태

의 피난민 수용소에서 생활했던 사람들에게는 음식이 가장 큰 기본문제
였다. 인터뷰에 응한 어떤 사람은 "수도 없이 여러 번" 굶어죽는 줄 알았
다고 했다.

그들 대부분이 비참했던 1950년 12월 이후 정상적인 생활로 회복하는
데는 최소한 수년이 걸렸다. 12명 중 대부분은 여러 도시로 흩어져서 안
정된 직장을 얻어 새 가정을 꾸미고 가족의 보다 향상된 생활을 추구하
며 살아왔다고 했다. 인터뷰를 한 사람 중에 6명은 짧은 기간 동안에
2~3번 이사를 했고, 한 사람은 그 기간에 6번이나 이사를 다녔다고 했
다.

그들은 남한에서 처음 25년간은 웨이터, 바텐더, 목수, 회계사, 병원
잡역부, 점원, 부두노동자 또는 어떤 한 사람은 아이스크림도 팔면서 다
양한 직종에 종사했다. 미군 기지에서 날품팔이로 일한 사람도 몇 명 있
었고, 유엔군 병원에서 보조원으로 일한 사람도 한 명 있었다. 어떤 부인
은 아이들의 식비라도 벌겠다고 암시장에서 양담배를 팔았고, 북한에서
농부였던 몇 사람은 배에서 내린 거제도에 머물러 황무지를 개간하여 농
사를 짓기 시작했다. 인터뷰를 했던 한 사람은 20년간 저축한 끝에 1970
년에야 비로소 처음으로 '내 집 마련'에 성공했다고 하였다.

볼린의 보고서는 메러디스 빅토리 호의 사관과 선원들에게 감명을 준,
문자 그대로 스스로 자신들의 생명을 구한 강하고 끈질긴 그들의 개성과

특성을 분석했다:

> "인터뷰한 12명 외에도 내가 접촉한 흥남 피난민들 모두가 끈질긴 불
> 굴의 정신으로 그들의 인생을 개척해 나갔습니다. 지난 25년간을 생활
> 고에 지쳐서 맥이 빠지거나 좌절하지 않았습니다. 그들 모두가 '또순
> 이(Ddosuni)' ─ '나는 절대로 안 죽어!'라는 뜻의 한국어 속어 ─ 처럼
> 살았습니다. 대부분의 피난민들은 그때를 회상하며 '우리 모두는 주검
> 의 문턱에서 빠져나온 새 생명으로 태어난 사람들입니다.'라고 하였습
> 니다."

볼린은 또 피난민들에게서 공통적으로 찾아볼 수 있는 태도를 인용하
면서 그들은 지금도 여전히 그렇다고 말했다:

> "흥남에서 철수한 피난민 누구에게나 물어보세요. 그들은 당신에게 아
> 직도 말해주지 않은 자신들의 이야기 하나가 남아 있다고 말할 겁니
> 다. 그들에게 가장 중요한 궁극적인 이야기는 아직 말해주지 않았어
> 요. 그 이야기는 다름이 아니라 한국이 하루 빨리 통일되어 헤어진 가
> 족과 다시 만날 수 있기를 바라는 자신들의 염원이 실현되는 겁니다.
> 이 목적을 위해서 그들은 자신들이 살고 있는 지역의 한 일원으로서
> 힘찬 미래를 건설해 나아가고 있습니다.

1975년에 이 보고서를 쓰면서 볼린은 이렇게 말했다: "그들에겐 꿈이
있습니다. 이 꿈의 불꽃을 계속 태워나가려는 정신으로 그들이 자유민이
된 25주년을 대한민국 국민 모두와 더불어 경축하고 있습니다."

※ ※ ※ ※ ※ ※

　이금순(막달레나)과 훗날 베네딕트 피정센터 원장이 된 강안톤 신부를 포함한 세 자녀는 거제도에서 1년간 살았다. 그리고는 남편이자 아버지를 만나서 온 가족은 그의 고향인 대전으로 갔다가 그 후 서울로 이사를 했다. 6·25샤변 전 아버지의 직업이 은행원이어서, 서울에서 은행에 취직을 했다.

　서울에 살 때 젊은 안톤은 하느님의 부르심을 받고 한 지역 교구의 신부가 되려고 했다가 마음을 바꾸어 베네딕트 수도사가 되었다. 필자가 강 신부에게 신부가 되려고 했던 특별한 이유라도 있었느냐고 물어보자, "나는 사람들을 위해서 무언가 다른 일을 하고 싶었습니다.…"라고 그는 대답했다.

　1950년 흥남에서 메러디스 빅토리 호의 역사적 사건 이후, 이북에 떨어진 가족을 찾겠다고 북한으로 간 사람은 한 사람도 없었다. "그들의 생사에 대해 전혀 알 수가 없었어요."라고 강신부는 말했다.

※ ※ ※ ※ ※ ※

　김정희는 러니나 볼린이 발견한 한국인의 전형적인 특성을 지닌 피난민의 대표적 인물이었다. 그녀는 50년 전 흥남 부두에서 잃어버린 남편과 딸을 찾기 위해 지금까지 많은 시간과 돈을 들여왔다.

그녀는 조카 피터 켐프(Peter Kemp)에게 LST를 타고 부산으로 올 때 겪었던 고생을 회상하며 "아주 끔찍했다"고 말했다.

"첫째는 견딜 수 없이 추웠어요. 상갑판과 갑판 밑에 발도 들여 놓을 틈도 없이 피난민들로 꽉 찼어요. 미군들이 친절하게도 비스켓을 나눠 주어 얼마나 고마웠는지요. 위생시설 때문에 죽을 뻔했습니다. 배에서 간이변소엘 가려면 빽빽이 들어선 사람들을 비집고 가야 하는데 그것이 무척 어려웠어요. 주위에 둘러싸고 있는 사람들은 모두들 병이 들어 기침하고 구토하는 환자들이었어요."

LST함 밑바닥 선창에 끼어 타고 왔던 한 젊은 애기엄마는 며칠 후 메러디스 빅토리 호에 탄 사람들이 겪은 고생 못지않게 고통을 겪었다. 무엇보다도 견디기 힘들었던 고생은 등에 업은 아기가 그칠 줄 모르고 우는 것이었다. 울지 않을 수 없는 이유인즉, 아기가 변과 오줌에 뒤범벅이 되었지만 닦아 줄 천 쪼가리나 기저귀가 전혀 없었기 때문이다.

피난민들을 소독하려고 부산항에 설치한 방역소에서 그녀는 두 아이와 자신에게 미군이 DDT를 뿌려서 소독하도록 자신을 내맡겼다. 이 농약은 지금은 발암물질이 있는 것이 발견되어 미국이나 다른 나라에서는 농작물에도 사용이 금지되었지만, 1950년 당시에는 그런 위험을 몰랐

다. 미군이 피난민들을 머리에서 발끝까지 하얀 DDT 분말을 분무기로
뿌려서 소독했다.

김정희 여인의 말에 의하면, 그때 부산에는 피난민 수용소도 없었고
그들을 돕는 어떤 구호기관도 없었다. 그들은 도시 밖 산언덕에 아무 재
료나 구해서 천막을 치거나 판잣집을 지었다. 그것이 그들이 남한에서
처음 마련한 내 집이었다.

김정희는 대구에 산다는 고모를 찾아가기 위해 두 아이를 데리고 기차
로 부산에서 대구로 갔다. 그녀는 기차표 살 돈 걱정은 하지 않았다. 그
녀에게는 쌈지에 단단히 싸서 허리춤에 꼭꼭 묶어 숨겨온 금, 은 등 귀중
품이 있었다. 그녀는 자기 집에서 경영하던 보석상에서 금, 은, 보석으
로 만든 반지, 귀걸이, 머리핀 등과, 그리고 어린애 옷도 자기 옷 속에
숨겨왔던 것이다.

금을 팔아 현찰을 만들어 새생활 개척을 위해 대구로 가는 기차표를
샀다. 수일 후 그곳에서 켐프(Kemp) 소령의 할머니인 고모를 찾아냈다.
고모와 1년간 같이 산 후 서울로 이사하여 정착했다. 금은보석을 모두
팔아 포목상을 차렸다.

그녀의 조카인 켐프 소령은, 남한에서 어린시절을 보낼 때 그의 외숙
모가 서울에서 열었던 포목상에서 돈을 잘 벌었고, 따라서 돈을 풀어서
사람을 계속 찾을 수 있는 여유가 있었다고 기억했다. 70년대에 그는 서

울에서 외숙모와 할머니와 함께 살았다. 외숙모가 사업에 성공하여 남이 부러워하는 자동차를 샀다. 일제 중고차였지만 사치스럽고 "너무도 근사했다." 당시 한국에서 자가용을 굴린다는 것은 부자들만 가능했기 때문이다.

외숙모의 포목상은 날로 번창해 갔고, 수시로 자가용으로 남한의 여러 도시를 찾아가서 여러 번 가족을 찾는 신문광고를 냈다. 한편 피터는 그가 16살 되는 1975년에 어머니와 함께 미국으로 이민을 와서 수도 워싱턴 교외 알링턴(Arlington)에 정착했다. 그곳에서 고등학교를 졸업하고 미군에 입대하여 간부후보생 학교를 거쳐 미국 육군장교 생활을 시작했다. 군생활을 하는 중에 그는 야간에 메릴랜드 대학교를 다니면서 현대사(現代史) 학위를 취득했다.

켐프 소령이 필자에게 최근에 전한 소식은, 그의 외숙모가 그토록 많은 시간과 돈을 들여 가족을 찾았지만 아직도 포기하지 않고 있다는 것이었다. "1980년대에 들어와서 중공과 남한이 국교를 트게 되면서 사람들의 왕래가 잦아졌습니다. 외숙모는 중국에 가서 남편과 딸을 찾는 신문광고를 내기도 하고, 거기서 두 사람을 고용하여 찾으려고 노력했지요. 두 번이나 가족을 가까스로 찾아내는 줄 알았지요. 그런데 결국 그들에게 사기를 당하신 겁니다. 그 후로 그 두 사람은 종적을 감추고 말았고요."

김정희는 아직도 꿈속에서 남편과 딸을 본다고 한다. 켐프 소령의 어머니가 외숙모에게 말했다. "언니, 꿈속에 사람이 나타나는 것. 그거 좋은 징조 아니야. 그건 강 건너로 사람이 넘어갔다는 사인이래."

그러나 외숙모는 힘주어 대답했다. "아니라니까. 나는 내 남편과 딸이 어디엔가 살아 있다고 믿어."

필자가 켐프 소령에게 당신의 외숙모가 지난 50년 동안 그 많은 돈과 시간을 써가며 남편과 딸을 찾고 있는데 어떻게 생각하느냐고 물었다. 그는 서슴지 않고 대답했다. "외숙모는 나의 영웅입니다."

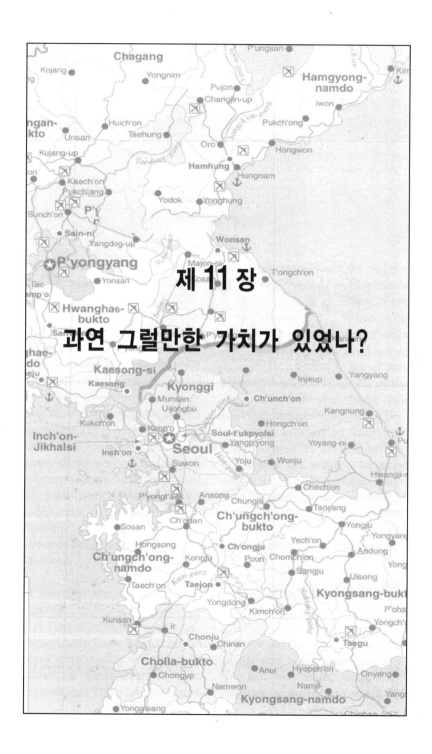

제 11 장

과연 그럴만한 가치가 있었나?

북한 사람들의 생활은 휴전선 이남의 남한 사람들과는 판이하게 달랐다. 함흥에서 흥남으로 도망쳐 나올 때 여학생이었던 박순의 엄마는 눈물을 흘리며 아빠와 남동생에게로 돌아갔다. 그때의 여학생 박순은 1979년 남한을 방문했고, 1990년엔 북한을 방문했다. 그녀가 전에 살던 북한 땅을 밟았을 때 수도 평양은 "선택 받은 소수의 특권층"들만 사는 도시임을 알았다. 그녀는 북한의 수도가 "청결하고 오염이 없는 현대 도시"라고 표현했다. 그러나 대부분의 북한 사람들은 "가난에 찌들고 가진 것이 아무것도 없었다"고 했다.

그녀의 고향 함흥을 가보고 싶었지만 허가를 받지 못했다.

그녀는 공산정권이 그녀의 부모와 남동생을 죽인 것을 알아냈고, 북한 주민들은 "그들 정부에 대해 말 한마디 못하고 산다"고 했다. 그녀는 농담 섞인 말로, 그것은 "묻지도 말하지도 말라!"는 정책이라고 꼬집었다. 그래서 북한 사람들은 "서로 불신하고" 정부에 의해 단단히 "세뇌되었다고"했다.

박순은 미국에서 결혼하여 세 자녀를 키우면서 미국시민이 되어 학사 학위를 취득한 후 석사학위 과정까지 밟았다. 그녀가 북한 방문 때 만난 조카에게 남북한 관계에 대해 물었다. 북한에 사는 그녀의 친척들 모두 공산당원이 되어 있었는데, 조카가 우쭐대며, "아주머니, 우리가 평양에 서 원자탄을 날려 보내 워싱턴을 때려 부수는 것은 문제 없수다래!"하는 것이었다.

그 말을 듣고 박순은 고소를 금치 못했지만, "왜 양쪽이 화해하여 서 로 끌어안지 못하고 있지? 50년이 지나도록 서로 적대시만 하는데, 누가 승자란 말이야?"하며 애원조로 조카에게 물었다.

2000년 5월 〈워싱턴포스트〉는 북한이 이미 핵개발 능력을 보유하여 소형 원폭을 장착하여 미국 본토를 타격할 수 있는 장거리 유도탄 개발 에 박차를 가하고 있고, 이런 북한의 위협에 대항하여 미 국방성은 "미 사일 방어시스템(MDS: Missile Defence System)"을 바탕으로 미 본토로부 터 멀리 떨어진 태평양의 쉐미야(Shemya) 섬에 세운 엑스밴드 레이더 (X-band Radar) 망이 북한에서 발사한 어떤 미사일이든지 중간에서 파괴 할 수 있다고 보도했다. CIA도 북한이 10년 내로 ICBM을 개발할 수 있 을 것이라고 밝혔다.

※　　※　　※　　※　　※　　※

　　러니는 북한 주민들의 생활상을 관찰한 북한 방문기를 썼다. 1997년 북한 정부는 러니를 북한 땅에 묻혀 있는 미 전몰군인 유해 제3차 발굴 현장에 업저버로 초청했던 것이다. 그는 귀국하여 민병대 사령관 로버트 로젠(Robert A. Rosen) 해군소장에게 유해 발굴 작업뿐만 아니라 북한 주민들의 생활상에 관한 보고서 3페이지를 여백 없이 빼곡히 써서 미 재향군인의 날 제출했다:

　　"4일간 방문 중 셋째 날에 에스코트를 받아 DMZ를 방문했다. 이 역사적 북방 분계선을 북쪽에서 본 사람은 드물다. 아이러니하게도 "통일로"라고 쓰여진 쌍방 6차선 고속도로를 평양에서 남쪽으로 400리 내려가서 전혀 사용하지 않는 "서울 출구" 사인을 보고 나갔다. 전쟁준비 태세를 기만술을 써서 감추어 놓았기 때문에 잘 보이지 않았다. 유도탄 발사대 벙커를 전략적으로 지뢰밭으로 둘러싸서 잘 위장시켜 놓고 있었다. 북한 인민군 상좌는 우리에게, 적대적 관계가 지속하는 한 미국과의 국교정상화는 불가능하며, 미국은 아직도 자신들의 적국이라고 조선 인민들은 믿고 있다고 엄하게 경고했다.

　　우리는 여행 중 좀처럼 외부인들에게 보여주지 않는 광경을 볼 수 있었다. 사람들은 누구나 '위대한 지도자' 김일성(1994년 사망)의 초상을 새긴 배지를 가슴에 달고 있었다. 착용자의 신분을 알 수 있도록 색갈이 다른 테두리로 배지를 둘렀는데, 그의 아들 "경애하는 지도자" 김정일의 배지는 아직 없었다. 전기는 배급제로 공급되었고, 도로에는 가끔 지나가는 군용 트럭 외에는 자동차가 눈에 띄지 않았다. 어떤 군 트럭은 목탄을 연료로 쓰고 있었다. 자전거는 거의 눈에 띄지 않았고, 모든 농사일은 손발로만 하고 있었으므로 들과 밭에는 농기계가 전혀 보이지 않았다. 밤이 되자 길거리에는 인적이 전혀 없었다.

식량 부족이 밖에서 생각했던 것만큼 북한 전 지역에 확산된 것 같지는 않았으나, 식량배급도 인민들을 많은 계급으로 갈라놓고 실시하고 있었다. 우선 공산당원과 110만 명의 군대를 먹이는 데만 주력하고 있어서 많은 지역의 기아와 영양실조 문제가 심각했다. 식량 문제가 이렇게 심각한데도 불구하고 그들의 지도자를 기념하는 대형 건축물과 기념비와 초상화를 세우고 유지하는 데는 막대한 국가 재원을 쏟아 붓고 있었다.

정부가 엄격히 통제하는 유일한 TV채널은 노동자와 군인들이 만족해하는 생활 장면과 오로지 김일성의 위대한 업적만을 보여주고 있었다. 외신의 방송과 보도는 허용치 않았고 물론 광고도 없었다. 북조선 사람은 전 세계에서 가장 우수한 민족이라고 세뇌를 받고 있었고 종교 활동은 일체 금지되었다. 우리가 그곳에 도착하는 날 김정일이 전권을 휘두를 수 있는 조선노동당 서기가 되었다는 성명이 나왔다. 북한의 변화에 대한 기대에 찬물을 끼얹었다. 조선중앙통신

의 논설과는 달리, 북한의 강경정책 노선에는 변화의 조짐이 전혀
없어 보였다.

1953년 휴전 당시에는 오직 100명 정도의 우리 군인들의 신원에
대하여 그들이 인정했으나 실은 8,100명의 미군 병사의 생사가 아
직도 밝혀지지 않고 있다. 한국전에 참전했던 북한의 재향군인이나
변절하여 이탈한 미군을 면담하도록 해 달라는 우리들의 수 차례 요
청은 묵살되었다.

※   ※   ※   ※   ※   ※

이렇게 둘로 분단된 한국은 1953년 7월 27일 휴전 이래 완전히 다른
양상으로 발전했다. 1950년대 남한은 경제적으로 몹시 어려웠다. 반면
에 소련과 중공은 스탈린과 모택동의 명령 하에 무상원조로 북한을 도왔
다.

오늘날 남한은 번영의 길로 가고 있으나 북한은 1989년 소련연방의
붕괴로 큰 타격을 입고 있다.

러니가 이 보고서를 제출한 이후 3년 동안 북한의 실정은 철권 독재
통치하에 더욱 악화되어 가고 있다. 지난 3~5년 사이에 약 2백만 명이
굶어 죽었다는 정보가 사실로 확인되었다. 수백만 명의 북한 주민들이

초근목피로 생명을 근근이 유지하고 있다는 정보가 흘러나오고 있다. 석탄과 난방유의 절대 부족으로 겨울에도 난방을 할 수 없고, 경제질서의 마비로 공장이 가동을 멈추고 있다. 죽은 아버지 김일성의 권력을 승계한 김정일은 북한이 대량 아사로 인해 종국적 붕괴로 치닫고 있는 심각한 상황인데도 불구하고 깊숙이 들어앉아 도사리고만 있었다.

이런 심각한 상황이 미국의 원조로 어느 정도 완화되고 있었으나 북한의 독재정권은 우리 돈을 가로채고 있다. 〈워싱턴포스트〉지의 존 폼프렛트(John Pomfret) 기자는 북한 아동을 위한 식량과 의약품을 북한 당국이 가로챘다고 최근 탈북자의 말을 인용 보도했다. 그것을 공산당원, 군 고위층, 기타 충성분자들이 서로 나누어 가졌다고 한다. 불란서의 "기아추방 행동대" 구호기관이 북한 고아들을 위한 급식소 설치와 국영 보육원 시찰을 요청했으나 거절당했다. 부모가 버린 고아들이 길거리에서 살아남으려고 돌아다니고 있다.

1999년 10월 미국 국가회계사무처가 제출한 보고서에는, 미국 원조물자가 지정한 대상에게 제대로 전달되고 있는지 확인할 수가 없었는데, 그 이유인즉 북한이 유엔 세계식량기구(WHO)에 회계결산 보고를 정기적으로 하도록 되어 있는 약정서 규정을 위반해 왔기 때문이라고 했다. 〈포스트〉지의 폼프렛트 기자는 원조 의약품의 10%는 군에, 10%는 주민에게 주고 80%는 당 간부들이 모두 나누어 가졌다는 어느 탈북 의사의 증언을 인용 보도했다.

206 I 기적의 배

이러한 상황을 배경으로 남한의 김대중 대통령과 북한의 김정일은 평양에서 2000년 6월 14일 공동성명을 발표했다. 분단된 두 한국의 통일을 향한 협력과 노력을 함께 하자는 것이 이 공동성명의 골자였다. 김대중은 그 "역사적 협약"을 체결함으로써 "화해와 협력의 시대"로 접어들었다고 선언했다.

한국민은 물론 전 세계 사람들이 이 공동성명의 정신이 구현되기를 열망하고 있다. 과거에도 1972년과 1991년 두 차례에 걸쳐 이미 비슷한 협정이 체결되었으나 통일을 위한 진전은 이루어지지 않았다. 문제는 2000년의 6·14공동성명에서 북한이 신무기 개발에 주력하고 있었고 남한에 37,000명의 미군이 주둔하고 있다는 핵심 문제점을 명시하지 않고 넘어갔기 때문이다.

리처드 부커(Richard Boucher) 미 국무성 대변인은 "미국의 남한 방위에 대한 의무와 한반도의 평화와 안정을 바라는 의도는 절대적으로 확고하다"라는 성명을 냈다. 두 정상의 공동성명과 미 국무성의 성명이 남북한의 미래에 어떠한 의미를 부여할지 두고 지켜볼 일이다.

※　※　※　※　※　※

항상 독실한 신자였던 라뤼 선장은 1954년 22년간의 선원생활을 마감

하고 뉴저지 주 뉴튼(Newton) 소재 "성 바오로 대수도원" 소속 베네딕트 수도원에 "마리아 수사(Brother Marinus)"라는 이름을 지어 가지고 들어갔다. 그는 휠체어를 타지만 아직 정정하다. 성바오로 수도원의 원장 조엘(Joel) 신부의 말에 의하면, 마리아 수사는 방에서 독서를 하거나 기도를 하거나 수도사들과 식사를 하면서 시간을 보낸다고 한다. 대부분의 사람들은 그의 영세명의 뜻을 "선원(marine) 수사"라는 뜻인 줄로 잘못 알고 있지만(*라틴어 'marinus'는 '마리아의'란 뜻인데 이를 '바다의, 선원의'라는 뜻인 라틴어 'marine'과 혼동해서이다. — 역자), 라뤼 선장은 자신의 이름이 '바다'를 뜻하는 라틴어가 아니고 "천주의 성모 마리아"의 '마리아'를 뜻하는 라틴어라고 설명했다.

마리아 수사는 요즘도 여전히 메러디스 빅토리 호의 1등 항해사 사관이었던 러니(Bob Lunney)의 방문을 자주 받는다. 어느 크리스마스 날 러니는 마리아 수사를 방문하고, 오래 전 흥남철수 때 선원들을 포함하여 수많은 인명을 잃을 수도 있는 엄청난 위험을 무릅쓰고 어떻게 그 많은 피난민을 구출해 낼 운명적인 결정을 할 수 있었는지 자기의 젊은 아들 알렉산더(Alexander)에게 말씀해 주십사, 하고 청했다.

수사는 러니의 아들인 십대 청년에게 다가서서 부드럽고 간명하게, "이웃을 위하여 제 목숨을 바치는 것보다 더 큰 사랑은 없다(Greater love hath no man than this, that a man lay down his life for his friends)"(성경 공동번역 요한 15:13— 역자)는 성경의 구절로 대답했다.

바오로 수도원에서 한창 활동할 때 그는 고속도로 수도원 진입로에 있는 수도원 기념품점에서 일했다. 의사의 검진을 받기 위해 그때 한 번 나들이 한 것 외에는 46년간 단 한 번도 수도원 밖을 나가 본 적이 없다. 1960년 그의 선장으로서의 용맹함과 지도력을 치하하는 표창식에도 그는 수도원을 떠나고 싶지 않았지만, 표창식전 기원과 축도를 맡은 수도원장 찰스 코리스튼(Charles Coriston) 주교의 명령으로 참석했다.

그런 믿어지지 않는 구출활동을 펼친 거의 10년 후인 1960년 10월 24일에 워싱턴의 명사들이 전국 기자협의회에 참석했다. 10년 전 한국이 미국의 방어선 밖에 있다고 언명한 딘 애치슨(Dean Acheson) 전 국무장관도 그 화물선과 선장에게 경의를 표하기 위해 왔다. 최고위 인사로 상원의원 4명, 하원의원 5명, 해군제독 2명, 주미 한국대사와 아이젠하워 대통령의 상무장관 프리데릭 뮬러(Frederick Mueller)가 참석했다.

메러디스 빅토리 호에게는 "용맹한 배(Gallant Ship)"의 상패를 수여하고, 마리아 수사에게는 상선단의 최고 영예인 최고수훈 훈장을 수여했다. 그리고 마리아 수사와 그의 사관과 선원 모두에게 표창장과 선장(線章) 리본이 수여되었다.

"용맹한 배" 상패와 칭호는 미국 의회에서 특별법으로 제정되어 아이젠하워 대통령이 재가를 했다. 특별법을 다시 발의한 이유는, 기존 법의 유효기간이 지났기 때문이다. 1959년 새 특별법 제정에 대한 지지 여론이 더욱 확산되었다. 훈장 수여의 가장 강력한 주창자는 당시 미 국방성과 해군의 의회 연락관 존 맥케인 쥬니어(John S. McCain Jr) 해군소장이었다. 그는 2000년 공화당 대통령 예선전 후보였으며 현 아리조나 주 상원의원 존 맥케인 의원의 부친이다.

하원 해양수산 분과위원장 허버트 보너(Herbert C. Bonner) 의원에게 보낸 서한에서 맥케인 해군소장은 "특별법을 제정하여 1950년 메러디스 빅토리 호가 이룩한 탁월한 공로를 인정하여 표창장과 상패를 수여하고 선원들에게 공로 선장(線章)을 수여하는 것이야말로 가장 적절한 처사라고 확신합니다."라고 하였다.

흥남의 공포 상황과 기적의 증인이었던 젊은 해군장교 알리 버크(Alleigh Burke)는 필자가 이 책을 집필할 당시에는 해군대장으로 승진하여 해군의 최고위직인 해군 작전사령관이 되었다. 그는 표창식장에서 북한 피난민을 구출한 선장과 선원들을 위한 축사에서 이렇게 치하했다:
"구출된 사람들과 그들의 후손들이 자유롭게 살 수 있는 희망을 갖게 된 것이야말로 동정심 강한 사람들의 위대한 노력과 과감한 조치의 소산입니다. 메러디스 빅토리 호의 선장과 사관과 선원들은 "인정"이 많은 사람들이었습니다. 그들은 과감한 조치를 취하고 그것을 성공적으로 수행했습니다. 이들의 비상한 노력의 결과 공산치하 굴레를 벗어나지 못할 뻔했던 사람들이 자유를 향유하게 되었습니다. 알려지지 않은 수많은 한국인의 후손들이 자유롭게 살 수 있게 된 것은 지금 여러분이 표창을 통해 영예롭게 하고 있는 이 선원들 덕분입니다…."

해양부는 마리아 수사와 그의 선원들이 이룩한 업적이야말로 "인류사 상 한 척의 배가 해낸 최대의 구출작전이었다"고 발표했다.

이 표창장에는 배의 선원 명단과 그들의 직책이 적혀 있는 다음과 같은 메모가 첨부되어 있다: "이 용맹한 배 부대 표창장은 아래에 적은 메러디스 빅토리 호 선원 전부에게 수여한다." 이 메모에는 사관과 전 선원들의 이름과 직책을 아래와 같이 총 망라하여 적고 있다:

사관과 선원의 명단

Joseph Blesset, Wiper

John P. Brady, Chief Engineer

Robert H. Clarke, Utility

Russell V. Claus, Messman

Richard C. Coley, Ordinary Seaman

Charles L. Crockett, Oiler

Sidney E. Deel, Assistant Electrician

Andres Diaz, Wiper

Alvar G. Franzon, Third Mate

Major M. Fuller, Steward

Lee Green, Fireman/Watertender

Nathaniel T. Green, Radio Officer

Albert W. Golembeski, Second Mate

Lawrence Hamaker Jr., Oiler

Edgar L. Hardon, Utility

Morall B. Harper, Electrician

Charles Harris, Able-bodied Seaman

Leon L. Hayes, Utility

George E. Hirsimaki, First Assistant Engineer

Joseph A. Horton, Fireman/Watertender

Lonnie G. Hunter, Able-bodied Seaman

William R. Jarrett, Able-bodied Seaman

Kenneth E. Jones, Able-bodied Seaman

Leon A. Katrobos Jr., Ordinary Seaman

Alfred W. Kaufhold, Licensed Junior Engineer

James A. Kelsey, Junior Third Assistant Engineer

Leonard P. LaRue, Master.

Robert Lunney, Staff Officer

Herbert W. Lynch, Chief Cook

Patrick H. McDonald, Able-bodied Seaman

Adrian L. McGregor, Messman

Ira D. Murphy, Deck Utility

Willie Newell, Assistant Cook

Vernice Newsome, Wiper

Nile H. Noble, Third Assistant Engineer

Elmer B. Osmund, Boson

Harding H. Petersen, Second Assistant Engineer
Johnnie Pritchard, Messman
Dino S. Savastio, Chief Mate
Henry J. B. Smith, Junior Third Mate
Merl Smith, Licensed Junior Engineer
Louis A. Sullivan, Fireman/Watertender
Ismall B. Tang, Ordinary Seaman
Noel R. Wilson, Able-bodied Seaman
Wong T. Win, Second Cook and Baker
Ernest Wingrove, Deck Utility
Steve G. Xenos, Oiler

마리아 수사의 사관과 선원들의 "용맹한 배" 상賞의 수상 소감을 읽어
보면 그의 인간된 면모 — 하느님 신앙, 겸손, 애국심과 모든 점에서의
성실성을 볼 수 있다.

그의 수상 소감 요지는 아래와 같다:

"바다로 나갈 때 꼭 알아 두어야 할 금언(金言)의 하나는 동료 선원이
혼자 할 수 없는 일을 도와주어야 한다는 것입니다. 배의 안전과 그
배가 실은 모든 것은 이 원칙이 좌우합니다. 이것은 '네 이웃을 내
몸과 같이 사랑하라'라는 성경구절과 다를 바 없는 말입니다. 흥남에
서 이 원칙을 적용하여 임무를 수행함에 있어서 사관과 선원들의 협
력과 끈질긴 노력, 미국인으로서의 이상과 책무를 실천하기 위한 헌
신을 통하여 모두들 탁월하고 모범적인 바다의 용사들임을 보여주었

습니다. 많은 분들이 이 점에 대해 좋은 말씀을 해주셨습니다. 제가 자신의 증언을 구태여 덧붙인다면, 제 휘하 선원들의 노고를 치하하고 감사할 따름입니다. 그러나 무엇보다도 제일 감사하게 생각하는 것은 그 엄청난 성공은 '하느님 섭리'의 역사役使하심 때문입니다.

한국전 휴전 이듬해인 1954년, 나는 신앙생활의 한 후보자로서 '성 바오로 수도원'에 들어갔습니다. 아마도 나 같은 새파란 신출내기는 없었을 것입니다. 이 같은 나의 '변신의 가장 큰 동기가 무엇인가?'라는 질문을 받고 나는 이렇게 대답했습니다. 나의 동기는 단세 줄의 문장이었습니다.

트라피스트(Trappist)(*1664년 프랑스의 'La Trappe'가 창립한 수도사회— 역자)의 수사 라파엘 시몬(Raphael Simon) 신부가 했던 간결하지만 너무도 훌륭하고 의미심장한 말입니다. 여러분과 그 신부님의 말을 나누고 싶습니다.

하느님과 사랑에 빠진다는 것이야말로 인간 최대의 로맨스다.

그를 찾는 것은 최대의 모험이다.

그를 발견하는 것은 인류 최대의 성취이다.

내가 수도원 문턱을 넘기 전까지 전혀 몰랐던 여러 가지 사실이 드러났습니다. 성 바오로 수도원의 모체는 베네딕트회라는 특정한

수도회입니다. 이 수도회의 다양한 선교 사역지(使役地) 중에는 북한
도 포함되어 있었습니다. 바로 그 북한 공산당의 손에 베네딕트 신
부님들과 수도사들이 순교를 당했던 것입니다!

완전 포위된 흥남 부두에서 자유를 갈망하는 우리의 맹방(盟邦)
한국의 친구들을 구출한 역사는 정말로 전쟁의 비극 속에 펼쳐진 비
극적인 사건이었습니다. 공산주의자들이 계획하고 공산주의자들이
집행하여 도발시킨 한국전쟁은 전 인류를 노예화시키려는 저들의
부단한 결의의 징표입니다. 그것을 저지하는 것이야말로 우리의 최
대의 도의적 책임입니다!

우리나라는 물론 우리 개개인을 쓰러뜨리려고 덤비는 이 악마의
주체인 공산주의와 그에 동조하는 '사탄'의 세력에 대항하기 위해
용기와 담력을 주십사 하고, 그렇게 함으로써 하느님의 십계명을 받
드는 완전한 삶을 살 수 있게 해 주십사, 하고 항상 하느님께 기도
하도록 합시다.

이제 수도원장님과 나는 '성 바오로' 수도원으로 돌아갑니다. 메
러디스 빅토리 호의 사관과 선원들과 그분들의 사랑하는 가족을 위
해 늘 기도하겠습니다. 저희들을 위해서도 기도해 주십시오. 특히
바다의 일꾼들과 그들의 가족 및 그들의 육신의 안전 차원을 넘어,
고되고 위태로운 그들의 소명에 하느님의 가호가 있기를 기도하겠

습니다.

끝으로 내빈 여러분께 메러디스 빅토리 호의 전 선장, 사관, 선원들이 뱃사람의 인사를 드리고 떠나려고 합니다. 특히 이 인사는 베네딕트 수도사가 된 예전 뱃사람의 깊은 가슴속에서 나온 인사입니다. 여러분! 그리고 우리 미국! 안전한 항해가 되시기를 기원합니다! 그리고 늘 행복하시기를!

감사합니다. 하느님의 축복을 기원합니다."

배와 선원들에 대한 표창은 미국 정부가 처음 한 것은 아니다. 그보다 2년 전 대한민국의 이승만 대통령이 메러디스 빅토리 호의 선원들에게 대통령 부대 표창장을 수여했다. 표창장 일부를 소개하면 이러했다:

"메러디스 빅토리 호가 3일간의 험난한 항해 끝에 부산에 안전하게 도착한 것이야말로 이 인도주의적 사명 완수에 참여한 모든 분들에게 잊을 수 없는 대 역사(役使)였습니다. 기독교 신앙을 실천한 그들의 감동적이고 모범적인 업적은 우리 한국 국민 모두의 기억에 영원히 남을 것입니다."

양찬우 주미 한국대사는 러니를 초청하여 그의 사관과 선원들을 대표하여 그에게 표창장과 메달을 수여했다. 그리고 주 뉴욕 한국총영사인 남궁 씨도 1958년 6월 3일 러니에게 똑같은 표창과 메달을 수여했다.

그 배 역시 한국동란 이후 "예비함대(mothball fleet)"에 귀속되는 운명을 면치 못했으나 1966년 월남전 절정기에 160여 개의 화물선단에 다시 기용되어 활동하게 되었다. 이 배가 현역으로 복귀하던 그해 10월에 미 상무성은 메러디스 빅토리 호의 현역 복귀는 "아시아의 한 국가가 공산 침략에 항거하여 자유 독립을 지키려는 투쟁에 우리 재향군인들이 다시 실전에 참여하는 본보기이다."고 발표했다.

이 발표문에는 운명의 아이러니라 할까 아주 의미심장한 사실을 지적하며 "동남아시아로 보낼 군수품을 적재한 이 배에는 월남 파병 한국군이 타고 있었다. 파병 장병들은 모두 그 배가 공산당에 대항하여 자유 수호 투쟁을 한 14,000명의 피난민들의 생명을 구한 배라는 것을 기억하고 있었다. 한국 정부가 이 배와 그 선원들이 해낸 업적을 표창했기 때문에 상당수의 한국인들은 이 배의 이름을 기억하고 있으리라고 본다."라고 했다.

메러디스 빅토리 호의 현역 복귀를 위해 미국 정부가 6년 뒤늦게 기념식을 가졌다. 1960년 "용맹한 배" 명명식을 가진 직후 이 배의 행선지를 표시하는 동판을 부착하기 전에 이미 이 배는 "예비함대"에 귀속되어 있었으나, 현역복귀 기념패를 증정하는 기념식을 가짐으로써 그 공백을 메우게 되었다.

미 상원 상무분과 위원장 워렌 맥너슨(Warren G, Magnuson) 워싱턴 주

상원의원이 이 기념패를 증정했다. 거기에는 "해양 역사상 단 한 척의 배가 그토록 많은 인명을 구출한 배는 없었다."라고 적혀 있었다. 이 기념패는 워싱턴 주 올림피아(Olympia) 시의 해양부 산하 예비선단에 귀속되어 워싱턴 주 상무국 청사 어느 구석에서 먼지에 쌓여 있었다.

1950년 배의 선장이었던 마리아 수사는 뉴저지 주의 수도원에서 수도 (修道) 생활을 하고 있으면서 이 기념패 증정식에 참석은 하지 못했으나, 기념식 참석자들에게 다음과 같은 서한을 보냈다:

"나는 한국동란 중 이 화물선을 운항하는 특권을 향유했던 사람입니다. 지난 12년 동안과 지금은 다른 종류의 배, 즉 사도 베드로의 작은 고깃배 속에 한 구석을 차지하고 살아왔습니다. 바다에서 수도원까지의 거리는 96킬로이긴 하나(여기 해변은 흥남 부두보다 좀 더 넓다는 농담의 말이다— 역자) 우리 배가 현역으로 다시 복귀한다는 소식은 그런 용맹스런 배와 승무원들의 자비와 정의의 숭고한 사명을 감당했던 보석같이 고귀한 추억을 생생하게 되살려줍니다.

다시 한 번 메러디스 빅토리 호는 국가 비상시에 부름을 받아 저주스럽고 포악한 공산주의 침략을 막아내는 데 유용하게 쓰일 것입니다.

이 배와 배에서 봉사할 선원 모두에게 큰 성공이 있기를 빕니다. 선장님과 사관님과 선원님들, 새 임무를 맡게 된 것을 충심으로 축하드립니다! 우리나라와 상선단의 고귀한 전통과 이상을 빛내 주시기를 빕니다. 성공과 축복을 기원하며, 그리스도 안에서 귀하께 신실한— 전 메러디스 빅토리 호 선장, 베네딕트 수도회 O.S.B. 마리아 수사 드림."

그러나 1993년 메러디스 빅토리 호의 파란만장했던 생애가 치욕스런 종말을 맞는다. 워싱턴 해양업무국 선박 현황 카드 철에는 이 배의 활동 사항 전부가 기록되어 있다. 2차대전 종식 3주 전, 1945년 7월 24일, 태평양 전시(戰時) 시각으로 오후 2시 20분, 로스앤젤레스로 인도하여 입항. 카드에 마지막 기록은 대문자로 썼다. **런던의 니샨트(Nishant) 무역회사에 고철로 매각 — 10/01/93.** 그토록 비상한 일을 한 배가 너무도 허무하게 종말을 맞았다. 운명의 아이러니랄까, 고철 해체 작업은 중국에서 중국인들의 손에 의해 행해졌다. 43년 전 중국인들이 그 배를 파괴하려고 덤벼들 때 아무런 보호도 없이 총 한 방 쏘지 않고 대담무쌍하게 막아냈던 그 배가 그렇게 되었던 것이다.

그러나 이 배의 무용담은 뉴욕 주 롱 아일랜드 해양아카데미 내에 있는 미국해양박물관의 "용맹한 배" 특별 전시실에 보존되어 있다. 전시실 남쪽 벽에 커다란 기념패가 걸려 있는데, 거기에는 이렇게 쓰여 있다:

"1950년 12월 북한 흥남에서 UN군이 역사적 철수작전을 수행하고 있을 때, 메러디스 빅토리 호는 적군의 포위망 속에서 고립무원의 북한 민간인을 구출하라는 부름을 받았다. 군인들은 대부분 철수했고 흥남시는 적군의 포격으로 화염에 쌓여 있었다. 적의 야포와 비행기 폭격의 긴박한 위협 속에서 배의 퇴로가 시시각각으로 위험해졌다. 배는 제트기 연료를 만적한 상태였다. 그럼에도 불구하고 포화가 작열하는 항구에서 14,000명의 남녀노소 피난민이 다 탈 때까지 그 위치를 고수했다.

흥남 부두를 마지막으로 떠나 기뢰가 깔린 항만을 벗어나 인간화물처럼 난민을 태우고 3일간 부산을 향해 항해하는 동안 마실 물도 먹을 것도, 의사도, 통역관도 없었다. 항해 중 배 안에서 아이들도 태어났다. 단 한 명의 생명도 잃지 않은 기적이었다. 선장 이하 사관과 선원들이 풍부한 기략과 건전한 항해술과 팀워크를 발휘하여 인류 사상 최대의 해양구출 작전을 성공시켰다. 따라서 메러디스 빅토리 호를 영원히 "용맹한 배"로 명명한 것은 너무도 당연하다."

클래런스 모르스	프레데릭 뮬러
(Clarence G. Morse)	(Frederick Mueller)
해양부 국장	상무장관

필자는 헤이그 장군에게 질문을 던졌다. 그는 한국동란 때 육군 장교로 출발하여 후일 국무장관이 된 인물이다. 그의 깊은 통찰력과 예리한 시각으로 뒤돌아보며 미국이 한국전쟁에 뛰어든 것이 잘한 일인지 여부를 자문(自問)해 보았느냐고 물어보았다. 그럴만한 가치가 있었느냐고.

그는 주저 없이 즉석에서 이렇게 강조했다:

"물론, 절대적으로 가치가 있었지요. 그때는 냉전시대의 가장 중대한 시점이었습니다. 나는 트루먼 대통령에 대해 다소 비판적이었지만, 요 컨대 그 당시 터키건 그리스건 한국이건 어디서 터졌든지 간에 당하고 가만히 있을 수는 없었습니다. 다행히 대통령은 뱃심이 두둑한 분이었 지요. 그는 저들의 침략이 전략적으로 어떤 광범한 의미를 함축하고 있는지 잘 알고 있었습니다. 우리는 한국에서 정당한 일을 했습니다."

필자가 "미래를 어떻게 보십니까?"하고 묻자, 그는 이렇게 대답했다: "한국이 통일된 자유국가가 되느냐 아니면 현재의 교착상태가 무한정 미래로 지속될 것이냐는 미국이 어떤 외교정책으로 대처할 것이냐에 달려 있습니다. 이 말에는 여러 가지 뜻이 있습니다. 하나는 중국과 현실적 관계를 유지하는 것이고, 다른 하나는 일본과 미국의 전략적 동반자 관계를 계속 유지하는 것입니다.

상대방이 어떻게 나올 것인가를 미리 예측할 줄 알아야 합니다. 상 대가 다루기 힘들고 타협이 불가능할지라도 계속 접촉을 시도할 필요 가 있지요. 이것은 우리가 너무 순진하고 고지식해서는 안 된다는 뜻 입니다.

내 견해로는, 현 행정부에는 북한에 대해 순진하고 고지식한 생각을 가진 사람이 많은 것이 문제입니다."

외교정책에 대한 헤이그 장군의 비판 대상은 클린턴 행정부만이 아니 었다. 전 국무장관인 그는 한국전쟁을 회고하면서 "우리가 전쟁을 제대 로 수행했다고는 생각하지 않고 있어요. 무엇보다도 중요했던 것은 우리가 중국 사람의 차원을 이해하지 못한 것입니다. 지금도 마찬가지로 우리 공화당 자체도 나는 이해하지 못할 때가 많습니다. 위급한 전시상황이 벌어져도 뭉그적거리는 공화당 의원들이 상당히 있어요. 실제 전투가 벌어질 때쯤에는 그들의 임기가 끝나 없어져 버리지요.

좌우간 중국은 미국과 한판 붙는 것은 원하지 않습니다. 그들은 우리와의 트러블을 원하지 않아요. 우리의 경험과 기술, 경제적 노하우가 필요하거든요."

한국전쟁은 보람 있는 전쟁이었다는 헤이그 장군의 확신을 지지하는 사람들 중에는 흥남 철수 때 참전했던 미 3사단의 프레드 롱(Fred Long)이 있다. 그는 나에게 말했다:

"그렇지요. 한국전쟁은 안 할 수 없었습니다. 모든 인류의 투쟁이 증명하듯이, 인간의 고유한 생활양식을 보호하려는 결단을 보여줄 수 있는 유일한 길은 그것을 보호하기 위하여 대항할 수 있는 결연한 의지입니다. 한국에서 (월남에서도 마찬가지이지만) 그런 의지를 보여주었기 때문에 결국 최대의 적인 소련을 무너지지 않을 수 없는 지점까지 몰고 간 것입니다."

트루먼 대통령도 한국에서 러시아 세력을 저지시킨 이유에 대해 이와 유사한 견해를 피력하고 한국전에 유엔군을 참전시킨 분명한 이유를 말했다. 1973년 멀리 밀러(Merle Miller)가 트루먼이 구두로 말한 자서전을 편집했다. 그때 대통령은 말했다: "국제군을 편성하여 북한 침략을 막아

내려는 결정이 한국전과 월남전의 큰 차이다. 월남전은 한국전쟁 종식 후 11년간이나 지리멸렬(支離滅裂)하게 전면전을 끌었던 전쟁이다.”

트루먼은 밀러에게 말했다: “인류사상 처음으로 침략군이 국제경찰군에 의해 저지당했다. 그 작전이 효과를 내서 자유세계가 지켜졌다”고.

트루먼 대통령 때의 국무장관이었던 딘 애치슨(Dean Acheson)도 같은 견해를 피력했다. “소련은 그들이 전쟁을 일으키자 예상치 못한 미국의 절대적 응징 반응에 놀랐습니다. 그들이 멈추어 서서 주위를 바라보고 우리말을 듣기 시작했지요. 그 이후 전 세계의 역사는 뒤바뀌었습니다. … 트루먼이 자주 말했듯이, 3차대전을 피할 수 있었지요. 아니면 우리 모두가 망했을 것입니다. 우리가 한국에서 제한된 목적을 위해 제한된 국지전을 수행하지 않으면 안 되었던 이유를 많은 사람들이 이해를 못합니다. 그럼에도 불구하고 그 전쟁은 치르지 않을 수 없었고 결국 전쟁을 치르고 만 것입니다.”

존 미들마스(John Middlemas)는 생각한다: “한국전은 우리가 이길 수 있는 전쟁이었어요. 끝까지 밀어붙였으면 이겼습니다. 그런 배짱이 없었어요. 중공과 북한에 대고 ‘유사시 우리가 가지고 있는 폭탄 두어 개쯤 사용할 수도 있다’는 걸 비쳤어야 했습니다. …”

비록 소련도 한국전 1년 전에 핵보유 국가가 되기는 했지만, 소련과 중공 우두머리들을 상대할 때 그 작전을 이용했어야 한다고 그는 생각한다.

"우리는 체스 게임도 할 줄 몰랐고, 정부 관료들도 형편없는 포커 플레이어들이었습니다."

동시에 그는 개인적으로는 러시아나 중국 사람들에게 악감정이 없다고 하면서 이렇게 말했다: "그들도 지구 반대쪽에 살고 있을 뿐 다 좋은 사람들입니다. 그들도 다 명령을 따라야만 할 처지에 있었기 때문입니다. 그렇다고 그런 이유로 그들을 영원히 정죄하며 살아야 합니까? 그건 아니지요. 그것은 바보짓입니다."

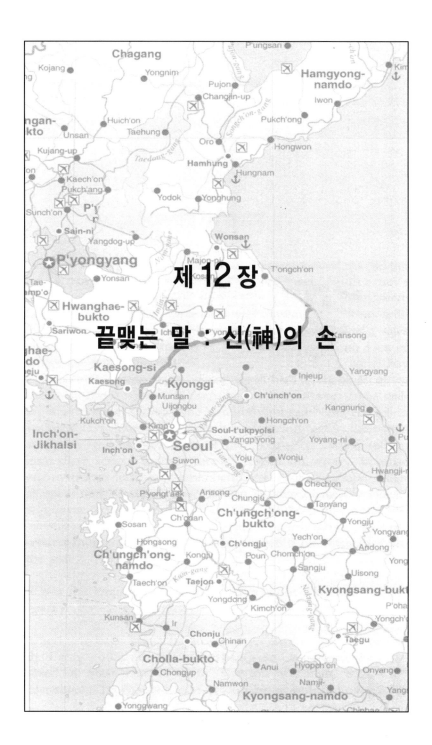

제 12 장

끝맺는 말 : 신(神)의 손

1958년 크리스마스 때 마리아 수사(Brother Marinus)는 〈금주 뉴스(This Week)〉지에 기고한 글에서, 1950년 14,000명의 피난민을 구출한 일과 4년 후 수도자 생활로 입문한 것과는 아무런 연관이 없다고 말했다:

"울리는 종소리를 들었다거나 말에서 떨어져 고꾸라졌다거나 그런 것도 없었어요. 여러 가지 일의 연속이 극에 달한 것입니다. 하느님이 명하신 일을 그저 한 겁니다."

선장이 수도사로 변신한 곡절을 말하면서 이렇게 고백했다: "내게는 늘 신앙심이 있었습니다. 필라델피아에서 자란 청년기에도 신앙심은 있었지요. 사람이란 그의 인생 경험을 모두 합친 것으로 형성되는 게 아닐까요? 결국 내가 겪은 모든 경험이 수도원 입문의 결의를 다짐하도록 도운 겁니다. 그러나 그 한 사건은 내가 결심을 하는 데 중요한 역할을 한 것만은 틀림없습니다.

나는 그때의 그 항해를 가끔 생각합니다. 지금 생각해도 그 많은 사람들을 어떻게 그 작은 배에 모두 태우고 어느 한 사람도 다치지 않고 끝없는 위험을 헤쳐 나갈 수 있었는지 알 수가 없습니다. 아무리 생각해도 한국 해안의 황량(荒凉)하고 냉혹한 바다 위로 크리스마스 철 하느님의 손길이 내 배의 조타기(操舵機: 배의 방향을 잡는 손으로 조종하는 바퀴)를 운행하셨다는 명확하고 틀림없는 메시지가 내게 전달되고 있습니다."

— *THE END* —

/ 역 자 후 기 /

만인의 심금을 울린 영화 "국제시장" 속의 "흥남철수" 장면은 희미해져 가는 우리의 기억을 되살려 놓았다. 우리가 결코 잊어서는 안 될 너무도 엄청난 사건이었으므로 국제시장 영화 제작·출연진 모두에게 감사하는 마음에서 머리가 저절로 숙여진다.

한 척의 화물선이 그렇게 많은 인명을 구출한 예는 인류역사상 전무후무하다. 이 이야기를 쓴 빌 길버트(Bill Gilbert)의 〈기적의 배(Ship of Miracles)〉를 번역하면서 6·25를 겪은 세대에 속한 사람으로서 만감이 교차되는 느낌을 가졌다.

지금으로부터 65년 전인 1950년 12월, 미군 1개 군단병력이 중공군의 인해전술과 시베리아 강추위에 미군 역사상 최악의 참패를 겪으며 퇴각하는 상황에 이르렀다. 중공군과 인민군 연합군의 맹추격을 받으며 10만의 미군 병력을 살리는 유일한 방법은 흥남부두에서 배를 타고 철수하는 길뿐이었다.

동시에 공산 치하로부터 탈출하려는 북한 피난민들 10만여 명이 흥남부두로 몰려들었다. 12월 중순부터 장진호에서 적의 포위망을 뚫고 흥

남까지 후퇴하는 동안 5천여 명의 전사 또는 부상자를 낼 정도의 패전
이었다. 그때 미군들의 적군에 대한 증오와 원한은 충분히 짐작이 간다.
10만 명이 넘는 미군을 흥남에서 시간을 다투어 철수시켜야 할 절박한
상황이었다. 또 살려 달라며 흥남부두로 몰려든 피난민이 10만 명이나
되었다.

엄밀히 말해서 그들은 적국의 주민들로, 군의 후퇴를 위태롭게 하면서
까지 구출해야 할 의무는 없었다. 포화가 작열하는 격렬한 전투 한복판에
서 작전상 불가피한 이유로 구출할 수 없다고 거절해도 그만이었다. 그런
미군의 처사를 놓고 크게 비난할 수는 없었다. 그러나 결과는 20만 명,
즉 10만 명의 군인과 10만 명의 민간인을 다 배에 태워 단 한 명의 인명
손실 없이 흥남항을 빠져나간 것이 그 유명한 "흥남 철수작전"이다.

수백 척의 함정 중에 이 극적인 역사적 사건에 운명적으로 뛰어든 한
척의 화물선이 있었다. 미국 의회가 특별법을 만들어 아이젠하워 대통령
의 재가를 거쳐 "용맹한 배"로 명명까지 하며 그 선장을 영웅으로 높여
준 배가 바로 〈기적의 배〉라는 이 책에 나오는 흥남 철수 비화의 주인공
"메러디스 빅토리 호"이다.

철수작전이 한창 진행 중일 때 수 명의 미군 대령이 이 배에 승선하여
북한 피난민을 태울 수 있느냐고 하면서 선장의 협조를 구한다.(역자가
놀란 것은 '지금은 생사가 달린 전시요! 무조건 실으라면 실으시오!' 하지 않았
다는 것이다.)

그 배는 군과의 용선계약으로 전략물자 등 화물만 싣게 되어 있는 화
물선. 규정상 50명 이내의 선원 이외에 더 탈 수 있는 인원은 12명 뿐.

대령들의 말이 '강요는 못한다. 선장의 재량으로 자원봉사 차원에서만 피난민을 태울 수 있다'는 것이었다. 선장이 '알겠다, 규정대로 군장비만 싣겠다.'고 하더라도 그만이었다.

그런데 이 선장은 한 치의 주저함도 없이 부하선원들에게 무조건 배가 터져나갈 때까지 최대한 태우라고 명령한다. 과연 무엇이 이 선장의 마음을 움직여 14,000명의 피난민을 콩나물시루처럼 빈틈없이 빼빽이 싣도록 했을까? 선장은 훗날 배의 강철이 늘어난 줄 알았다고 했다. 더구나 그 배는 제트기 연료 드럼통을 수백 톤 싣고 있었다. 피아간 함포사격과 적의 포화 속에서 불꽃이 튀는 날이면 최대의 구명작전이 인류 역사상 최악의 재난 참사가 될 수 있는 위험요소가 도사리고 있었다.

해답은 이 선장의 사람됨과 리더십 자질이다! 그것이 이 책의 핵심이다. 역자는 이 대목을 번역하면서 감정이 북받쳐 몇 번이나 울먹였다. 번역 탈고를 하고 나서 나의 생각이 바뀌었다. 누가 이 세상에서 제일 존경하는 인물이오? 하고 물으면 역자는 서슴지 않고 메러디스 빅토리 호의 라뤼(LaRue) 선장이라고 대답할 것이다. (물론 세종대왕이나 이순신 같은 우리나라의 위인들을 제외하고…)

이승만 대통령이 1958년 6월 라뤼 선장을 표창하며 기독교 박애정신을 실천한 본보기라고 극찬을 했다. 역자는 48년 동안 미국에 살면서 미국을 움직이는 지도자들을 눈여겨 보아왔다. 그들의 인격 형성 밑바닥에 깔린 것이 무엇인가? 두말할 것 없이 기독교 정신이다. 평범한 미국 시민들도 그들이 자라나는 과정에 기독교의 영향을 가장 많이 받고 자란 것을 보고 느꼈다.

그러나 이 책의 라뤼 선장이나 1등 항해사 러니(Bob Lunney) 같은 사람이 "나는 기독교 신자이므로 박애정신으로 했다"라고는 단 한 마디도 하지 않았다. 이 선장의 너무나도 겸손한 그러면서도 단호한 지도력, 그의 지휘에 일사분란하게 맡은 책임을 다한 선원들! 이런 점이 역자의 심금을 울렸다. 아, 세월호의 선장이 라뤼 선장을 (그가 구출한 사람들은 적국의 주민들이었는데도) 조금이라도 닮았더라면 262명의 학생들과 42명의 승객을 모두 살릴 수 있는 충분한 시간이 있었다. 그랬더라면, 미국의 의회가 라뤼 선장을 영웅으로 높이기 위해 특별법을 제정했듯이, 한국의 국회도 그대를 만대에 빛나는 영웅으로 기리기 위해 특별법을 만장일치로 통과시켰을 것인데….

그러면 왜 메러디스 빅토리 호가 〈기적의 배〉인가? 14,000명을 사흘간 마실 물도, 음식도, 변소도(구출 후 약품으로 배 청소를 했다고 한다. 한 달 후에도 인간 배설물의 악취를 없애지 못했다고 한다), 의약품도 없는 화물선에 "통조림 속의 정어리"처럼 싣고 기뢰가 지천으로 매설된 흥남 앞바다를 사고 없이 빠져나갔다. 항해 중 피난민들이 제트기 연료 드럼통 위에다 불을 피우는 것을 보고 대경실색한 일도 있었다. 항해 중에 아기가 5명이나 태어났다. 1개 중소 도시의 인구를 배 한 척에 빈틈없이 다 집어넣은 듯하다는 것이 얼마나 비참하고 고통스러운 상황이었는지는 독자들의 상상에 맡기겠다.

역자가 또 가슴 뭉클했던 것은 라뤼 선장이 흥남철수 4년 뒤 1954년 41세 나이에 베네딕트회의 수도사가 되어 속세를 떠났다. 그의 변화된 삶의 동기를 묻는 질문에 너무도 소박하게 "뭐 내가 꼬꾸라지며 영성 체험을 한 것은 아니고요, 그간 인생을 살면서 마음 먹었던 일을 한 것뿐입니다."가 그의 대답의 전부였다. 흥남철수 10주년 될 때 메러디스 빅토리 호의 공적을 기리기 위해 미국 지도층 인사들이 대거 참가한 기념식이 있었다. 그 식전의 주인공인 전 선장을 초대했다. 그러나 그는 그 공을 자신에게 돌리기 싫었다. 그는 참석을 사양했다. 집전을 맡은 주교의 명령을 받고 마지못해 워싱턴으로 갔다. 그 여행과 의사의 검진을 받기 위해 나갔던 한 번의 외출이 그가 87세로 이 세상을 떠날 때까지의 단 두 번의 나들이였다.

그의 1등 항해사였던 러니가 아들과 함께 수도원으로 마리아 수사(Brother Marinus)라는 영세명으로 이름을 바꾼 전 보스를 방문했다.

"수사님, 그때 엄청난 피난민들을 무조건 다 태우라고 명령하셨을 때 무슨 생각을 하셨어요?"

아들의 질문에 그는 짤막하게 대답했다:

"벗을 위하여 제 목숨을 바치는 것보다 더 큰 사랑은 없다."(*공동번역 성경 요한복음 15:13). 예수가 한 이 짧은 대답의 말과 이 장면을 번역할 때 역자의 목이 메었다. 성자가 따로 없다. 라뤼 선장은 예수의 말에 해당하는 우리말 "살신성인(殺身成仁)"을 실천한 성자였던 것이다.

그의 말년에 미 해양업무국이 그를 치하하기 위해 초청한 자리도 그는 사양하고 편지로 대신했다. "1950년 12월 24일 성탄 전야에 '인간 화물'을 싣고 기적적으로 부산항에 도착한 것은 메러디스 빅토리 호의 조타기(操舵機)를 처음부터 끝까지 꽉 잡아주신 하느님의 섭리 외에는 답이 없다"고 그는 고백했다.

　원작자 빌 길버트(Bill Gilbert)는 6·25 동란 때 4년의 공군생활 중 2년 반을 한국에서 복무한 한국전 참전용사이며, 종군기자와 〈워싱턴포스트〉지 기자를 거쳐 은퇴할 때까지 18권의 베스트셀러를 낸 저술가이다. 〈기적의 배〉는 심층취재(In depth investigative report)의 기법으로 흥남철수 현장에 있던 수십 명의 증인들을 찾아서 개별 인터뷰를 했다. 그것을 바탕으로 2000년 흥남철수 50주년을 맞이하여 그 역사적 사건을 재구성하여 책을 펴낸 것이다.

　동일한 또는 비슷한 진술이 반복될 때도 없지 않지만, 그는 마치 심포니 작곡가가 같은 테마를 계속 변조시킴으로써 대단원의 클라이맥스를 향하여 가는 듯한 필체와 스타일을 구사했다. 특히 한국 독자들에게 대부분 생소한 1940~50년대의 미국 연예인과 인기 프로그램을 적은 장이 두세 번 나온다. 처음엔 역자도 의아했으나 그것은 미국 독자들에게 50년 전의 시대 배경과 그 당시 미국인의 문화생활 배경을 환기시키려고 한 의도가 담겨 있다. 저자는 2차대전 후 5년간의 평화롭고 행복한 삶이 한국전쟁 발발로 큰 상처를 입게 된 배경을 그리고자 했다고 본다.

　이 땅에 세월호 선장 같은 무책임한 지도자가 사회 각계각층에 도사리고 있는 한, 대한민국은 진정한 의미의 선진국이 될 수 없을 것이다. 이것이 이 책을 다 번역하고 난 후의 나의 결론이다. 그런 의미에서 역자는 이 〈기적의 배〉 흥남철수 비화가 한국민의 의식 선진화 차원에서 전 국민들의 필독서가 되기를 바라는 마음 간절하다. 특히 앞으로 선장을 꿈꾸는 해양대학생은 물론 박애정신을 생명으로 아는 모든 목회자의 책상 위에 반드시 놓여 있어야 할 책이라고 믿는다. 영화 〈국제시장〉의 대 열

풍처럼 이 책이 널리 읽히기를 바란다.

2015년 3월

류광현(Philip Rhyu)

<역자 류광현 프로필>

1964년 서울대학교 문리대 불문과 졸업
1973년 New York의 Pace University 졸업
미국에서 회계사·호텔업 종사
평화통일자문위원

저서 및 역서

2012년 〈The Liberation Symphony〉 (American Book Publishing Co.)
2012년 논픽션 〈통일교향곡〉 (비봉출판사)
2014년 예은목 목사 저 〈너를 정말 사랑해〉 영역 (I Really Love You) (예은목출판사)
2014년 이승만 저 〈Japan Inside Out〉 번역(비봉출판사)

SHIP of MIRACLES

기적의 배

2015년 4월 19일 초판 인쇄
2015년 4월 25일 초판 발행

저 자 ㅣ 빌 길버트(Bill Gilbert)
역 자 ㅣ 류광현
펴낸이 ㅣ 박기봉
펴낸곳 ㅣ 비봉출판사
출판등록 ㅣ 2007-43 (1980년 5월 23일)

주 소 ㅣ 서울 금천구 가산디지털2로 98. 2동 808호(가산동, IT캐슬)
전 화 ㅣ (02) 2082-7444
팩 스 ㅣ (02) 2082-7449
E-mail ㅣ bbongbooks@hanmail.net

ISBN ㅣ 978-89-376-0424-9 03800

값 12,000원